A LA ESPERA DEL COLIBRÍ

ExLibric

LAURA SÁNCHEZ FERNÁNDEZ

A LA ESPERA DEL COLIBRÍ

EXLIBRIC

ANTEQUERA 2025

A LA ESPERA DEL COLIBRÍ
© Laura Sánchez Fernández
© de la imagen de cubiertas: Laura Sánchez Fernández
Diseño de portada: Dpto. de Diseño Gráfico Exlibric

Iª edición

© ExLibric, 2025.

Editado por: ExLibric
c/ Cueva de Viera, 2, Local 3
Centro Negocios CADI
29200 Antequera (Málaga)
Teléfono: 952 70 60 04
Fax: 952 84 55 03
Correo electrónico: exlibric@exlibric.com
Internet: www.exlibric.com

ISBN: 979-13-87707-59-0
Depósito Legal: MA 789-2025

Impresión: PODiPrint
Impreso en Andalucía – España

Nota de la editorial: ExLibric pertenece a Innovación y Cualificación S. L.

LAURA SÁNCHEZ FERNÁNDEZ

A LA ESPERA DEL COLIBRÍ

*A mi hijo Ismael,
fuente inagotable de inspiración.
A mi padre, siempre.*

*Hay un dicho que es tan común como falso:
el pasado, pasado está, creemos. Pero el pasado no pasa
nunca, si hay algo que no pasa, es el pasado, está siempre,
somos memoria de nosotros mismos y de los demás;
en este sentido, somos de papel, somos papel
donde se escribe todo lo que sucede antes de nosotros.
Somos la memoria que tenemos.*

José Saramago

Prólogo

La débil luz de la lamparita vibraba, haciendo que las figuras de las ilustraciones del libro de mamá cobrasen vida ante mis ojos de niño.

Conocía cada historia al detalle de tantas veces que me las había contado. A pesar de ello, esperaba siempre la llegada de la noche para que mi madre se acercase a arroparme y comenzase a leer.

Abría su libro de leyendas y, mientras tarareaba alguna guarania con los ojos cerrados, buscaba una historia al azar. Su preferida era la leyenda de mainumby, el pequeño colibrí. Cuando la elegida era esa, una sonrisa bailaba en sus pupilas, y sus iris verdes parecían vestirse en tonos tornasolados como el plumaje del animal.

—Mirá, *che memby*[1] —me decía mostrándome el dibujo del pajarito—, la muerte no es el final de la vida. Cuando morimos, el alma abandona el cuerpo en la tierra y se esconde en una flor. Es cuando aparece mainumby, quien, volando de flor en flor, recoge las almas para guiarlas amorosamente al paraíso.

—¡Y también trae noticias a las familias! —le replicaba, porque pensaba que había olvidado parte de la historia.

---

1   En guaraní, «mi hijo».

—Sí, cariño, tenés razón. Si un picaflor se acerca a una casa, es anuncio de que habrá gratas visitas o de que un alma, que espera, será conducida, con su ayuda, al jardín del edén.

Entonces me rodeaba con sus brazos y la certeza de su amor incondicional colmaba mi mundo y hacía aún más imperceptible la ausencia de un inexistente padre.

Cuando mamá murió, tras luchar contra la enfermedad durante meses, yo aún era un niño. Salí a nuestro patio y coloqué vasos llenos de agua con azúcar cerca de donde había flores. Quería atraer a los colibríes y asegurar que el alma de mi madre fuese conducida al paraíso lo antes posible.

No había vuelto a recordar ese momento hasta hace un par de semanas, tal vez porque no había pensado en mi madre desde entonces con el corazón del niño que fui.

Esta mañana salí al patio y puse varios recipientes con agua azucarada, invitando al picaflor a regresar a la casa. Es casi primavera y ya se han abierto muchas flores.

Después, me he sentado con mi libro en la galería, a esperarlo.

I

Las luces de freno de los coches forman un ciempiés rojo a lo largo de la calle Chóferes del Chaco hasta su cruce con Mariscal López. Es el momento en que los vendedores ambulantes, apostados junto a la muralla del cementerio de la Recoleta, se lanzan hacia los autos. Se les acercan ofreciendo sus mercancías, deseosos de liquidarlas, mientras los conductores y acompañantes voltean el rostro simulando no verlos, o mueven una mano con desdén, como el que espanta una mosca, si alguno de ellos resulta ser demasiado persistente.

Teodoro camina entre los vehículos que, humeantes, calientan aún más la ardiente tarde de Asunción. Recorre el pasillo creado por los autos parados, con la cabeza gacha, sin pronunciar palabra. De sus hombros cuelgan toda clase de artilugios: perfumadores de coche, toallas, cargadores de móvil, pilas. Pasa mostrándolos, sin mirar a nadie, sin observar a los pasajeros en el interior.

El semáforo se pone verde y las bocinas impacientes le fuerzan a apartarse de nuevo contra las paredes de la Recoleta. Se sienta en cuclillas en el suelo. A su lado, otros dos vendedores comentan lo del funeral de la mañana, con toda esa gente de postín y los gritos de la viuda. A él no le interesan esos comadreos: su atención se centra en el muro de enfrente, el de la cárcel, que se yergue, como siempre, callado, sin respuestas.

La calle de Chóferes del Chaco separa el cementerio de la Recoleta de la prisión de mujeres del Buen Pastor. Tanto el uno como la otra están rodeados de muros claros que no logran suavizar la negrura de sus interiores. Ni el olor a tristeza. Ni el silencio.

La luz del cruce se torna amarilla, luego de nuevo roja. La culebrilla luminosa y humeante muestra decenas de rostros de potenciales compradores. Los vendedores saltan a la calzada dispuestos a engatusarlos con hábil palabrería o inquietante insistencia. Algunos pasajeros se dejan convencer y abren una rendija en la ventana para hacer entrar la mercancía a la vez que pagan con algún billete y cierran con rapidez, impidiendo que el bochorno robe el frescor del aire acondicionado y que la miseria se les cuele dentro.

Son las seis de la tarde. El sol comienza a dejar de golpear las calles, pero el calor aún permanece pegado a los muros y a la estrecha acera en la que se sientan a esperar el siguiente cambio del semáforo. Teodoro, que suele preocuparse por vender lo justo para poder sobrevivir, calcula que ya ha conseguido lo suficiente. Saca las ganancias del día. Cuenta con calma: diez mil, veinte mil, algo más de sesenta mil guaraníes. Aparta lo que tendrá que pagar para pasar la noche, más lo que deja para reponer la mercadería, y le quedan unos veinte mil. Decide que su pequeña fortuna le permite marcharse hoy algo más pronto, a lo que los demás no se oponen: un rival menos. Mete el género en su desgastada mochila y se encamina hacia el cementerio.

Dirige sus pasos por entre las callejuelas del camposanto. Sabe que, lo quiera o no, sus pies lo llevarán a la tumba y lo obligarán a pararse ante ella, para sentir cómo se le va secando el corazón cada vez que se detiene ante la lápida. No puede evitarlo: debe realizar su ritual de cada tarde, igual que en su otra vida, esa que se empeña en olvidar, cumplió el pacto de leerle cada noche su libro antes de dormir.

Sus zapatos frenan al llegar a la pequeña losa. «Aquí yace Margarita Rocío Pineda Martín». Los ojos se le llenan de lágrimas. Levanta la cabeza, en dirección al muro de la cárcel. «¿Por qué?», vuelve a preguntarle. Ninguna respuesta. El silencio le revienta los oídos desde que ella murió. Sus pies giran hacia la izquierda y comienzan a alejarse de allí, no así su alma, siempre clavada en ese sitio, inmóvil, impávida, porque ya nada ni nadie puede dañarla más. Su andar se va aligerando a medida que se distancia de ella.

Cuando sale del cementerio siente el hambre que acuchilla sus tripas. Los veinte mil guaraníes en su bolsillo lo hacen caminar hasta una despensa y comprar un par de empanadas; el dinero que le sobra será para el desayuno del día siguiente. Se sienta en un banco de la plaza Infante Rivarola a comer. Le gusta ir allí en días como el de hoy, cuando la suerte le permite el lujo de elegir lo que llevarse a la boca. Ocupa un sitio un tanto alejado de las personas que entran y salen de los centros comerciales aledaños, y observa el revoloteo de los pájaros que se disputan las cuatro migajas que caen de su pequeño festín. Al terminar, se levanta y se dirige a casa de la señora Antonia. Allí le esperan una buena ducha y un viejo camastro.

★★★★★

—Llegás temprano, Teo —le dice la mujer al verlo.

—Buenas tardes, ña Antonia. Sí, vendí bien hoy.

Tras el breve saludo, se dirige al cuarto de huéspedes donde hay varias camas que la señora alquila por noche. La suya es una al fondo, algo más grande, que la dueña de la casa le tiene reservada. Debajo de ella hay una valija, cerrada con un candado, donde Teodoro guarda sus pertenencias: algo de ropa limpia, una toalla, jabón, el dinero que junta para la mercancía y un libro, desgastado y roto, aunque no muy viejo. De todas sus posesiones, esa es la de más valor.

—Tomá una buena ducha, te hace falta —le indica la propietaria señalando el cuarto de aseo—. El calor de hoy estuvo fuerte.

Teodoro asiente agradecido. Saca la llave que lleva colgada de una cuerda al cuello, y abre la vieja maleta. Coge la toalla y el jabón, con la ropa de recambio, y deja el dinero que había apartado. Vuelve a cerrar y se dirige al baño.

Una vez que su huésped entra en el servicio, la señora Antonia se dirige a la cocina, donde pasa la mayor parte de su tiempo trajinando entre cazuelas. A esas horas aún no hay otros pensionados en la casa, ya que suelen llegar algo más tarde, cuando las calles terminan por echarlos y el lugar más seguro que pueden encontrar es aquel. Entonces, sus famélicas barrigas conducen sus pasos hacia la pensión, sabedoras de la rica comida que allí les espera y que, para muchos, es la primera y única colación del día.

El lugar es singular en su género, de igual forma que lo es su propietaria. El hostal forma parte de la vivienda de la mujer: una vieja casona situada en un buen barrio de la ciudad. No es la zona más lujosa de la capital, pero el vecindario está conformado, en su mayoría, por familias apegadas a esas antiguas construcciones, similares a la de ña Antonia, que se van pasando de padres a hijos como símbolo de una tradición y de un cierto estatus. Todos los vecinos se conocen y conocen las vidas de los otros, incluso algunos de sus pecados más íntimos. Sin embargo, nada saben de la vida de la dueña de la pensión —a pesar de llevar viviendo más de tres décadas en la misma residencia—, más allá de que es viuda y madre de tres hijos.

Nadie en la vecindad tiene tampoco una idea exacta de por qué la señora Antonia abre las puertas de su hogar a aquellos «desarrapados», como suelen llamarlos sus convecinos. Imaginan que no se debe a una búsqueda de cariño o compañía, pues, para eso se hubiera dedicado a recoger uno de los tantos perros o gatos que pueblan las calles de la urbe. Ni tampoco parece ser por alguna fe exacerbada que le haga buscar el paraíso en la entrega al prójimo. Y está claro que su motivación no es el lucro. La falta de una lógica aceptable para ellos hace que, a ojos de sus coterráneos, esta situación sea aún más incomprensible. Y ya se sabe que lo inexplicable siempre trae consigo un cierto recelo, difícil de evitar, sobre todo en una sociedad con apego a las tradiciones ancestrales y en una ciudad como Asunción, donde la máxima «el mundo es un pañuelo» se aplica palabra por palabra. Con todos estos ingredientes, la comidilla está servida, y ña Antonia siempre comenta a sus hijos que le divierte saberse en boca de todos, pero no deberle explicaciones a nadie.

Y es que la mujer es todo un carácter, y lo deja bien establecido cada vez que un nuevo huésped atraviesa su puerta.

—El alojamiento y el caldo de esta pensión cuestan plata, que yo no hago caridad —les dice antes de exigirles una mínima aportación.

Contra todo pronóstico, ese pequeño cobro que les pide —que varía en función de las posibilidades de cada uno de ellos y que jamás revierte en ella ni en su familia, sino en los que allí se refugian— no ha alejado a los posibles huéspedes hacia otros lugares donde no se paga, sino que han seguido acudiendo pese a ello; otra de las rarezas del sitio. Quizá continúan yendo atraídos por la buena cocina de ña Antonia; es posible que sea por los andares cadenciosos de la joven Adela, la muchacha que trabaja para la señora. Pero, lo más plausible es que se deba a ese puñado de guaraníes con el que costean los servicios de hospedaje, ese intercambio comercial que marca toda la diferencia y que la aleja de la gratuidad, que, para ellos, huele a condescendencia y a lástima.

Sea cual sea el motivo, la pensión de la señora Antonia es lo más parecido a un hogar que pueden permitirse y, al alojarse en ella, se comprometen —aparte de a respetar la casa y a sus habitantes, así como las pertenencias ajenas— a aceptar la primera y casi única regla de la misma: no intentar acceder después del cierre de puertas, es decir, todas las noches pasadas las nueve, y los únicos días en que no se reciben huéspedes, que son los feriados más señalados y un domingo de cada mes.

—Te ves cansado, Teo —le dice al ver al joven después de la ducha.

El hombre asiente con un ligero movimiento de cabeza. Son casi doce horas de estar tirado en la calle, de respirar ese humo negro y pegajoso de los tubos de escape, de oír los continuos pitidos y los gritos de los otros vendedores.

—¿Querés un poco de sopa? Recién la terminé, ahora es cuando tenés que comerla.

—Gracias, ña Antonia, ya comí. Dejale nomás a los otros.

—Vamos, Teo, que hay suficiente vorí vorí para todos y hoy la necesitás. Sentate conmigo que te ponga un plato.

Teodoro se acomoda en silencio en una de las sillas que rodean la mesa de la cocina. Coge el ardiente cuenco de sopa que ella le ofrece y mira las albondiguillas de harina de maíz que ondean en el caldo. Cierra los ojos para acallar las risas de una niña que perturban su aparente calma, risas que flotan junto al olor de ese plato casero.

—Contame un poco cómo fue el día —le dice la mujer suavemente y con sus palabras lo hace volver a una realidad que esquiva.

Sentados a la mesa de aquella cocina con aroma de hogar, él dará la misma respuesta de cada tarde, igual que la primera vez que ña Antonia le interrogó sobre su día. Ha pasado cerca de un año desde entonces.

—Bien. Algo vendí.

—¿Estaban los de siempre?

—Los habituales: Nico, la lotera, Gervasito y Luis. Vos sabés que no hablo mucho con ellos.

Ella asiente. La mayoría son huéspedes suyos, no tan de seguido como Teodoro, pero alguna vez van en busca de una cama y una sopa caliente.

—¿Tampoco con Nico? —le interroga la mujer con una voz que refleja extrañeza.

—Con Nico, sí. Dijo que iba a venir hoy. Seguro que vendrá con hambre.

La señora sonríe y observa a su pensionado mientras come.

Teodoro siente sobre su cabello oscuro y enrulado la mirada insistente de ella, y cree oír la voz de su madre diciéndole: «Tenés mis ojos, pero también tenés sus rizos». Recuerda la tristeza que se apoderaba del verde de los iris de su mamá al pronunciar esa frase, tornándolos grises, arrebatándoles el color y la alegría. Y recuerda, igualmente, al pequeño Teodoro queriendo poder cortar aquellos bucles heredados de un desconocido para así devolver el brillo a los ojos siempre dulces de su madre.

Sin darse cuenta, el joven levanta la mano y se toca la cabeza, como si de nuevo quisiera borrar el cabello que la cubre. Alza la mirada antes de ponerse en pie para dejar el cuenco en el fregadero y ve a ña Antonia que aún observa su pelo.

Algo intimidado por ese mirar persistente, Teodoro se da la vuelta para dirigirse al salón. Mientras camina, siente todavía los ojos de la mujer pegados a su espalda como un interrogante silencioso. Sabe que no le va a hacer preguntas, porque tampoco habrá respuestas de su parte, ni historias, ni confesiones sobre su vida o su pasado. Sin embargo, a pesar de no cuestionarle, a pesar de ese silencio que lo envuelve, él está convencido de que ella está al tanto de sus paseos diarios a la misma tumba del cementerio, de la misma forma que también cree que conoce una parte de su historia.

Llega ante la cama y se echa sobre la colcha, desmadejado. Sus párpados se cierran con fiereza; las risas de Margarita aún resuenan en aquellas albondiguillas que acaba de comerse, como burbujas de una ensoñación. Una lágrima se escapa de la cárcel de esos recuerdos y rueda por la mejilla para caer sobre la almohada y desaparecer. El ruido de la puerta y la cháchara de algunos de los huéspedes con la señora Antonia lo hacen abrir los ojos.

«Pronto se hará de noche: otro día más, otro día menos», se dice como un rezo mientras se obliga a levantarse para acudir a la llamada de la mujer que, insistente desde la cocina, lo reclama para acompañarlos en la animada charla que, como en cada velada, ameniza la cena de aquella fortuita familia.

★★★★★

Es de noche en la pequeña pensión de ña Antonia, una noche como tantas otras. La luna alumbra la vieja construcción con una especie de halo luminoso que contrasta con la oscuridad que sale de dentro de la casa. El silencio, entrecortado por los grillos y algún que otro maullido o ladrido, otorga a la casona un aspecto de lugar olvidado por el presente. Su imagen de antigua e ilustre edificación venida a menos concuerda con un interior anacrónico y poco funcional, donde un caos de piezas y pasillos, fruto de infinitas renovaciones, ha borrado para siempre la primigenia planta de estilo colonial.

Alrededor de la residencia se levanta una verja de hierro forjado, compuesta por lo que parecen ser unas lanzas puntiagudas que aseguran el recinto de posibles intrusos. El acceso a la finca se realiza a través de una discreta puerta en la valla que pasa desapercibida al ojo ajeno. Una vez traspasada la misma, un caminito de baldosas, de apenas un par de metros, se abre paso hasta la entrada de la edificación. El ingreso a la vivienda se hace por un recibidor que da al salón y a la cocina, y que también comunica con un exiguo pasillo por el que se va al resto de piezas de la casa.

Aunque el inmueble es de grandes dimensiones, solo tiene una habitación principal, en la que duerme la propietaria, otra que sirve de cuarto de estar o sala, donde la dueña recibe a las visitas, y una tercera alcoba, más pequeña, que utiliza Adela. Hay un baño que usan ambas mujeres, un aseo de cortesía para los invitados, y un antiguo servicio al que se le ha añadido una improvisada ducha, para los pensionados. De la misma manera, el salón, que antes era el área más amplia, se ha rediseñado para dar cabida a los huéspedes. En él se pueden ver ocho camas, sencillas pero limpias, en un espacio carente de decoraciones, donde destacan las pesadas cortinas que derraman su vivo carmesí sobre los muros desnudos y las ventanas que los atraviesan.

El corazón de la casa es la cocina, grande y espaciosa, con la mesa en el centro, a la que se sientan señora y hospedados a comer. Siempre está en funcionamiento, gracias a las hábiles manos de ña Antonia, que prepara sabrosas chipas, sopa paraguaya o mbejú, a la vez que forma a su joven protegida en las artes culinarias más tradicionales.

La cocina se abre hacia la galería, un corredor exterior cubierto por un tejado del que cuelgan buganvillas y malvecinos de diversas tonalidades. Por las noches, el piso y el mobiliario se convierten en improvisado albergue para gatos, que se cuelan entre lanza y lanza de la verja para resguardarse del calor o la lluvia bajo las plantas trepadoras. En los días de primavera, cuando la vegetación reverdece, el festín colorido de aquel patio atrae colibríes, abejas, mariposas y libélulas, que desfilan alternándose en un irisado batir de alas.

La noche es un momento de paz. La casa mantiene a todos a salvo y el silencio envuelve a los que allí se cobijan. Los huéspedes se obligan a dormir de manera sigilosa para evitar que alguno se despierte sobresaltado, privado del confort que les ofrece este hogar inventado. La vieja casona les devuelve la humanidad que la calle les arrebata, porque los mantiene al abrigo de las personas que a diario desvían sus ojos para no verlos, esas que quieren hacerlos sentir que no existen, que no son nada, esas que no los miran para no ver un reflejo de su propio temor a fracasar, a volverse invisibles, como ellos.

Aquellas paredes les restituyen de igual modo su identidad durante el día. Con sus olores a yuyos, empanadas y jazmines, les ofrecen la posibilidad de liberarse, y les invitan a hablar, a desvelar secretos. Todos se rinden al deseo de expulsar el pasado que los persigue, esa historia que los habita y que al final escupen como el que vomita un objeto atorado en la tráquea que les ha impedido respirar.

Todos menos Teodoro.

Su silencio lo asfixia.

Casi todas las noches tiene problemas para dormir. Algunas, las pasa en blanco; otras, las pesadillas lo desvelan. Las peores son aquellas noches en que logra cerrar los ojos y se deja enredar por sueños en los que los azules ojos de Margarita lo miran sonriendo, mientras él le lee el libro que ella nunca se cansaba de escuchar. En esas ocasiones no quiere despertar. Ruega a un dios, en el que ya casi no cree, que no lo despierte, que lo deje morir para siempre en esa ensoñación, condenado a repetir una y mil veces la misma historia interminable, pero con ella, siempre con su Margarita.

★★★★★

A las siete y media de la mañana del día siguiente, el brillo solar ya ha borrado todo recuerdo de la noche, como si nunca hubiese existido oscuridad y la vida no hubiese cesado de ser palpitante.

Teodoro observa absorto el ir y venir de los vendedores mientras la luz roja del semáforo congela los autos en la calle, y mantiene a conductores y pasajeros con sus ventanas bien cerradas, al abrigo del calor sofocante que ya sube desde la calzada.

Está sentado junto a Nico, al que obliga a comer unas chipas con un cocido que los ayudarán a aguantar lo que les queda de día.

—¡Qué buena la chipita, Teo! Mirá que no comí nada desde ayer…

—Pues no comiste por boludo. ¿Sabés que anoche ña Antonia te esperó? Dijiste que te vendrías por la casa… Preparó vorí vorí —dice para después dar un sorbo de su humeante vaso.

El interpelado ladea la cabeza en un gesto de resignación.

—Vos sabés cómo es esto, ¿verdad? Ayer me enredaron en la farra los demás y ya no llegaba antes de las diez y media. Pero quise ir, sobre todo por la comida de la doña, tan sabrosa…

—Pero tenés que imponerte, pelotudo. Si no querés, no querés.

El chaval baja la mirada. Se encoge de hombros y le contesta:

—Teo, ya sabés… Yo no soy como vos. Pero esta noche sí o sí que me voy con vos. Mi barriga lo necesita… —Y levanta la vista para guiñarle un ojo, a la vez que se toca la esquelética panza. Después, su boca emite una contagiosa risa de carcajadas desdentadas.

Teodoro mira al muchacho. Recuerda la mañana en que lo conoció, cuando la niña llevaba tres días enterrada y él con ella, muerto en vida sobre la lápida, sin moverse de ahí, decidido a dejarse morir sobre aquella losa. Ni siquiera los merodeadores del cementerio se le aproximaban; lo observaban, recelosos en la distancia, mientras cuchicheaban entre ellos. La mañana en la que aquel joven menudo, de edad incalculable, pequeños ojos chispeantes y eterna gorra azul, se le acercó con una botella de agua y una chipa, Teodoro levantó la vista de la tumba con intención de echarlo, pero tropezó con esa sonrisa, la sonrisa desdentada de Nico, a la que le faltaban los mismos dientes que a la de Margarita. Entonces, hipnotizado, extendió la mano y cogió las vituallas que el chico le mostraba en la suya.

—Gracias —le dijo.

La sonrisa apareció de nuevo en el rostro aniñado de ese desconocido y Teodoro lo dejó sentarse a su lado.

—Bueno —le respondió el muchacho mirando la losa—. ¿Quién es? —preguntó acto seguido mientras señalaba la lápida con una inclinación de cabeza.

—Mi hija.

Fue la primera y única vez que hablaron de Margarita.

El chico siguió yendo a verlo al sepulcro todas las mañanas con agua y una chipa hasta que, unos días después, Teodoro abandonó la tumba. Nico lo devolvió al mundo de los vivos. Fue él quien lo introdujo en el ambiente de la calle, quien lo llevó con los demás vendedores y quien le presentó al «jefe», el que les suministraba las mercaderías.

Ahora, sentados en la exigua vereda de la calle Chóferes del Chaco, Teodoro mira a su joven amigo mientras come. Levanta una mano con intención de alborotarle el cabello, en ese momento descubierto de su inseparable gorra azul, pero se contiene y cierra el puño en un intento por estrangular la ternura que le brota de manera inesperada de un alma que creyó yerma.

—Sí, Nico. Vení conmigo hoy —comenta en su lugar—. Ña Antonia dijo que iba a preparar chupín, y ya sabés cómo lo cocina…

—¡Qué bueno, primo! —Y se frota ambas manos como si anticipase el esperado banquete.

Los otros vendedores se acercan a la vez que los autos arrancan con la luz verde del semáforo. Se quejan de que cada día hay menos gente dispuesta a comprarles algo, que ni siquiera quieren abrir una rendija en la ventana. Nico se mete de lleno en la conversación y Teodoro se da la vuelta para entregarse de nuevo a su inexorable soledad.

★★★★★

El día ha estado húmedo y caluroso y, a esas horas de la noche, apenas entra una suave brisa a través de las mosquiteras por las ventanas abiertas a la sala, donde descansan las cuatro almas que han buscado refugio hoy en la vieja casona. La música de unas guaranias se filtra susurrante desde algún festejo vecino y se mezcla con el zumbido del ventilador en el techo, que gira y remueve el aire cálido como una suerte de enorme secadora.

Ña Antonia se levanta, sacude su cabello y agita la cabeza de un lado a otro. El cielo nocturno está en calma, pero ella siempre dice que el bochorno augura tempestades. Va a la cocina y llena un vaso de agua. Las notas de *Mis noches sin ti* aún flotan en el aire. De vuelta a su pieza, se asoma a la sala donde están sus huéspedes, como una madre que, en la oscuridad, espía el sueño de sus hijos. Mira la cama en la que duerme Nico enredado en las sábanas. La mujer se sonríe ante esa imagen, quizá le recuerda a alguno de sus chicos cuando era más joven. Después su mirada se desvía hacia el último camastro, el del fondo, en el que yace Teodoro, que dormita con un suave ronquido. Él también podría ser hijo suyo, si se hace caso a la edad.

La señora lo observa y algo la sobresalta. Desvía la mirada que había fijado en el negro cabello de su protegido. Se la ve alterada, agitada.

Parpadea con fuerza y mueve la cabeza, como si quisiese espantar una mosca u otra cosa. Después bebe el agua y se dirige a su cama. Se mete entre las sábanas y se revuelve.

—Vamos, dejame tranquila. Vos no sos así —dice en un murmullo.

Extiende la mano sobre el colchón. Sus dedos rozan el desnudo algodón de la sábana. Se gira hacia el lado contrario y cierra los ojos.

—No sé por qué volvés ahora. ¡Andate nomás y dejame dormir! —dice refunfuñando.

La oscuridad lo engulle todo. Ña Antonia se queda inmóvil en la cama mientras los minutos se derraman sin dejar huella. Poco a poco, su respiración se vuelve rítmica y acompasada: el sueño la atrapa de nuevo con su pegajosa tela de araña, y se deja arropar por el silencio de los grillos en las horas que preceden al alba.

★★★★★

La mañana del siguiente día se despierta gris y plomiza; presagia una de esas enormes tormentas en que las nubes revientan de agua la ciudad hasta cubrirla por completo. Teodoro y los demás ya están en la calle desde los albores de la jornada, en su interminable cortejo por el pasillo entre los autos.

—Hoy nos mojamos, Teo —le dice Nico.

El hombre asiente con la cabeza. Los dos han llegado juntos desde la casa de ña Antonia, pero Nico ya se ha escabullido un par de veces al cementerio, a fumar marihuana o cualquier otra cosa que alguno de los holgazanes, con los que se junta a veces, le haya ofrecido. Teodoro ha intentado apartarlo de ese camino, pero no lo ha logrado: su joven amigo tiene días en que su voluntad zozobra y lo deja a merced de su escaso juicio. Hoy es uno de ellos y Teodoro lo sabe. Mira a Nico y este le devuelve una sonrisa infantil, esa que lo desarma y que le hace sonreír a él también.

El bramido de un trueno le recuerda el temporal que se avecina. No le gusta la lluvia y esta de hoy parece traer tintes muy oscuros en el horizonte.

La voz de su compañero lo saca de esas cavilaciones.

—Esta noche me voy otra vez con vos donde la ña. Aún sueño con el chupín de ayer… —le dice llevándose los dedos a la boca como si quisiese besarlos, mientras entorna los ojos.

—Esta noche no, Nico, que es el domingo que la señora no abre.

—¡Qué pelada! Yo que ya me preparaba a comer bien… —Y hace un gesto levantando los hombros, con cierta resignación.

El viento irrumpe y azota los árboles del lado del cementerio sin previo aviso. Algunas de las ramas más frágiles caen sobre la estrecha acera, a escasos metros de donde están ellos.

—Creo que debemos andarnos a la iglesia —dice Teodoro con cierto temor.

—¡Andate vos si querés! ¿Aún no llueve y ya me decís que me vaya? —clama un Nico probablemente envalentonado por lo que compartió poco antes con los merodeadores de la Recoleta.

Otro trueno retumba con fiereza, corroborando la propuesta. El hombre agarra al muchacho por el brazo y le exhorta a seguirlo para resguardarse. La lluvia empieza a caer.

—¡Mirá nomás el cielo, Nico! No hagas tonterías que el viento está fuerte. Vení a la iglesia conmigo —le grita para hacerse oír entre el ruido de los coches.

El muchacho se suelta de su mano y sale corriendo al encuentro de los otros vendedores que ya se aproximan a los vehículos que se paran en el semáforo rojo.

—No me da miedo el chaparrón. ¡Andate vos nomás! ¡Cuántos menos *haiga,* mejor para el resto!

Y le lanza otra de sus sonrisas agujereadas, a la vez que le indica con un gesto de la mano que se aleje de allí.

Teodoro, un tanto molesto, se va hacia la iglesia correteando entre las primeras gotas que ya rocían el asfalto.

El lugar, que se prepara para recibir a los feligreses que acudan a la segunda misa dominical, comienza a llenarse de refugiados que huyen ante el inminente aluvión. Nada más entrar en la parroquia, el estruendo de un tercer trueno retumba en las paredes igual que una bomba que hubiese caído a escasos metros. Instantes después, las alarmas de algunos coches aparcados ante el templo aúllan, parecen los gritos de unos heridos. El aguacero, denso como una cortina, descarga su rabia sobre la pequeña Asunción y, por un momento, apaga la luz del sol. Las personas allí congregadas observan atónitas los elementos desatados.

Un extraño pálpito sobrecoge a Teodoro. Mira hacia afuera, el agua le cubre la visión. Sin pensarlo, se lanza a la corrida hacia la calle y hace caso omiso del temporal. Las gotas chorrean desde su cabello por el rostro y se le introducen en los ojos, sin que ello le impida continuar en su frenética carrera. La mochila con las mercaderías cuelga de sus hombros y se bambolea de un lado a otro, lo que deja al descubierto su espalda, que se moja cada vez más.

Al llegar cerca del cruce entre Mariscal López y Chóferes del Chaco, el griterío de las alarmas pasa a un segundo plano y cede el protagonismo al ruido de la lluvia. Gira hacia su izquierda y se detiene un momento. Pone la mano a modo de visera para buscar con la mirada a los vendedores ambulantes. Ve unos cuantos arremolinados junto a los ocupantes de un par de coches que han salido, a pesar del diluvio, y forman un círculo cercano a la acera. Parecen asustados, impresionados por algo.

—¡No! ¡Otra vez no! —dice entre dientes mientras comienza de nuevo a correr.

Se aproxima a la misma velocidad que los latidos desbocados de su corazón. Escucha a los espectadores comentar cómo el rayo ha impactado a escasos metros y que cualquiera de ellos podría haber estado en su lugar. Se abre paso entre el gentío. El espectáculo lo sobrecoge: en el centro del improvisado corrillo yace Nico, empapado, aplastado por una pesada rama. Los ojos completamente abiertos pero vacíos de aliento. Un hilo rojo apenas llega a salir de su desdentada boca, que el agua de la lluvia ya lo borra.

Teodoro se agacha despacio para acercarse a él. El cuerpo enjuto, sin vida, parece un garabato desdibujado.

—¡Maldito idiota! —murmura mientras su mano hace amago de rozar el rostro que tantas veces le regaló la sonrisa de Margarita.

No llega a tocarlo, en su lugar, extiende los dedos y recoge la gorra azul de su joven compañero. Sin darse cuenta la aprieta contra su pecho. Quisiera golpear a Nico por lo que acaba de ocurrir, gritarle, zarandearle, pero lo único que hace es retorcer una y otra vez la visera de su amigo entre sus manos.

Instantes después, se levanta y se aleja de allí.

★★★★★

Durante todo el día la lluvia no ha dado ni un momento de tregua, solo el atardecer parece hacerlo y pinta una línea naranja en la negrura del cielo aún húmedo y pegajoso. Teodoro sigue deambulando por las calles, sin rumbo, calado hasta los huesos. En su errático caminar ha olvidado comer o beber y su cabeza lo ha martilleado con la misma pregunta sin respuesta: «¿por qué?». Pero esta vez no está dirigida al muro del Buen Pastor, sino a la nada, al vacío que siente dentro, al vacío que lo rodea.

Su andar lo conduce, sin buscarlo, a la pensión de la señora Antonia. Es el único domingo del mes en que la mujer cierra su hogar a sus protegidos. Al llegar delante de la casona, abre la entrada de la verja y se dirige por el caminito hacia la puerta. Cuando llega ante ella, golpea la hoja de la misma con los nudillos, sin recibir respuesta. Vuelve a llamar con rabia y aporrea la madera a la vez que grita entre sollozos que le abran, que necesita entrar para coger su maleta. A los pocos instantes, ña Antonia aparece, en su rostro hay un gesto de desagrado. Teodoro la mira sin verla, y cae desplomado. La mueca de la mujer se esfuma al ver al hombre derrumbado ante sus pies. Sus hijos, que se asoman detrás de ella, lo recogen del suelo y lo meten dentro. A petición de la madre, le quitan las ropas mojadas, lo cambian y lo acuestan en su camastro.

★★★★★

Durante la noche, las pesadillas asedian a Teodoro sin cesar. En un par de ocasiones abre los ojos y ve a la dueña de la casa, allí, a su lado.

—Lo siento… —balbucea—, no quise…, yo no…

—Callate, nomás. Descansá ahora.

Teodoro se pierde en los sueños que la fiebre le entreteje, en los que la figura de Nico muerto, tirado en el asfalto, golpeado por la lluvia, se le muestra una y otra vez. Quiere no verlo, quiere despertar y que nada sea cierto. La boca desdentada de su amigo se le cuela entre las imágenes del accidente y un trueno lo desvela. Al abrir los ojos ve a Margarita que sonríe. Alarga una mano para intentar atraparla y un grito desgarrado sale de su garganta antes de caer de nuevo desmayado sobre las sábanas.

La señora Antonia no se separa de su cama. Permanece junto a él hasta bien entrada la mañana en que su inquilino parece estar bastante más tranquilo. Entonces marcha a la cocina, arrastrando los pies, en busca de un buen cocido.

Minutos más tarde, el enfermo se despierta, mira a su lado y se encuentra con la joven Adela sentada junto al lecho.

—Señor Teo, ¿te encontrás mejor?

El interpelado asiente con la cabeza. Busca a la dueña de la casa con los ojos, pero no la localiza.

Se incorpora.

—No, Teo, no vayas a levantarte que aún no estás bien —le dice la muchacha.

—¿En dónde está la doña? —le pregunta el hombre sin hacer caso a sus palabras. Ella señala la cocina con un gesto de su cabeza.

Teodoro se pone en pie y se tambalea. La joven hace ademán de ir en su ayuda, pero él extiende la mano en señal de negación y se dirige, aún con paso indeciso, hacia la cocina en busca de la propietaria. Al llegar, la encuentra sentada a la mesa con una taza entre las manos. La siente cansada, sin su habitual sonrisa.

—Ña Antonia…

Se demora un poco en comenzar a hablar. La mujer parece concentrada en el contenido del recipiente entre sus manos. Al oír hablar a su huésped, levanta los ojos y lo mira.

—Teo… ¿qué pasó ayer? —lo interroga manteniendo la mirada fija en él.

El hombre baja la vista.

—Nico… —balbucea a la vez que intenta poner en orden sus ideas—, lo mató una rama…, durante el aguacero. ¡El muy desgraciado! —dice con rabia.

—¿Qué joda es esa, Teo?

El interpelado vuelve sus ojos de nuevo hacia la mujer y sus palabras se precipitan de su boca en cascada.

—No quiso venir conmigo a la Iglesia… Oí el rayo caer, como un cañón… las alarmas… supe que algo malo pasó. Volví, y lo vi allá, sin aliento, un pellejo sin vida. Yo… ña Antonia…, no quería molestarte, no sabía dónde ir…

—Callate, nomás.

La señora Antonia se levanta y llena una taza con cocido y se la ofrece a su huésped, este la toma, a la vez que asiente con la cabeza. Los dos se quedan así por un largo rato, agarrados a sendos pocillos, en silencio.

Pasados unos minutos, Teodoro mira de reojo a la dueña de la pensión mientras sorbe de la taza el humeante líquido. Le sorprende darse cuenta de que es como si la viera por primera vez. Se le antoja frágil, indefensa, a pesar de haber demostrado siempre ser una mujer fuerte, de carácter, decidida, a veces, incluso, intimidante. Ahora la ve mermada, quizá por la falta de sueño y por ese cabello desgreñado en un moño fofo que la avejenta: normalmente acostumbra a verla lucir su aún castaña melena al aire. Es hermosa, todavía lo es, y ella sabe que lo es, del mismo modo que sabe que la edad comienza a restarle frescura a su rostro. Pero de lo que no es consciente es de que en sus ojos color miel, se acomoda una belleza reposada que se torna coqueta en algunas ocasiones, sobre todo cuando los guiña para centrar la mirada. De igual manera ocurre con su sonrisa, franca y cálida, que tiende a inclinarse más hacia la comisura izquierda de sus labios, lo que la hace sentir cercana, acogedora y muy atractiva.

Hoy no sonríe.

—Gracias, ña Antonia —le dice algo contrito.

Ella asiente con la cabeza.

—Si te sentís mejor, me voy al mercado, que hoy es lunes y ya sabés que traen verduras frescas —le contesta mientras bebe de nuevo de su cocido.

Teodoro afirma y le comenta que, si quiere, él puede acompañarla, pero ella le responde que no es necesario, que se marche a descansar que es lo que necesita. Termina rápido el contenido que resta en su taza, se levanta y se va a su habitación, mientras el joven se queda solo en la cocina.

★★★★★

Una vez en la pieza, la mujer abre un cajón de su cómoda y saca una carta. El sobre, viejo y arrugado, tiene su nombre escrito. Aún está sin abrir y no tiene remitente.

Se sienta en la cama y lo deja sobre la misma, delante de ella. Lo mira durante un par de minutos. Observa las letras que conforman su nombre «Antonia», y pasa la yema de los dedos por encima de ellas. Después, coge el sobre entre sus manos, se lo acerca al pecho un momento antes de volver a guardarlo en el cajón de donde lo ha sacado.

Instantes más tarde, toma dinero, su cesto y se marcha al mercado.

II

Han pasado algunas semanas desde que Nico falleció. El revuelo que se formó en un principio ha ido cediendo ante la inevitable rutina del día a día, el continuo ir y venir de los coches, el humo y el baile incesante de colores del semáforo.

Los entierros y las visitas a las presas rompen el monótono trayecto de los vendedores hacia los autos. A veces, también, algún viandante que acierta a pasar por allí. Pero son los menos. Aquella es una calle tomada por los vehículos, sobre todo en ese tramo, como si los únicos seres humanos que pudieran estar allí fuesen los buhoneros, además de los muertos y las presidiarias.

Teodoro, poco a poco, ha ido pensando menos en su antiguo compañero. Una incipiente curiosidad ha comenzado a habitarlo y, por momentos, también lo distrae de su pregunta única, de ese «¿por qué?» que dirige a diario a los muros de la prisión del Buen Pastor.

Desde la fatídica tormenta que mató a Nico, el joven vendedor ha empezado a cambiar de actitud hacia la dueña de la casa. Se muestra más dispuesto a echar una mano a la mujer, a preguntarle por su salud, o a entablar conversación con ella, aunque solo sea banal. A ratos, una especie de angustia le agarra el pecho cuando la mira, algo parecido a la culpa, porque se da cuenta de que, en casi un año que lleva en esa casa, nunca se ha interesado en ella; peor aún, ni siquiera le ha importado.

Con el correr de los días, una imagen ha comenzado a hacerse cotidiana: en los momentos posteriores a la cena, cuando la señora se dirige a la galería a beber su tereré solitario, Teodoro sale a acompañarla. Ella tiene la extraña costumbre de tomar esa refrescante infusión a base de mate y yuyos antes de irse a dormir, desoyendo la ancestral creencia de que beberlo por la tarde-noche puede provocar malos humores a la persona que lo ingiere. Como en un acto de rebeldía, cada atardecer, ña Antonia se acomoda en su viejo sillón lleno de almohadones junto a las buganvillas y los malvecinos con su guampa en la mano. Su compañero la sigue y se instala en una silla, bajo una lamparita, sin pronunciar palabra, a leer. Juntos, escuchan el canto de los grillos mezclado con el griterío de los chicos que, aún de vacaciones, juegan en el terreno de fútbol que hay una cuadra detrás, mientras, de cuando en cuando, alguna suave brisa estival les trae el perfume de los jazmines del jardín contiguo.

A medida que las veladas se suceden, se va consolidando este ritual entre ellos: esperan a que la casa guarde el silencio precedente al sueño para salir juntos al patio, él con su libro bajo el brazo y ella con la guampa llena de yuyos olorosos y un buen termo de agua helada. Entre sorbo y sorbo de la bombilla y página a página del libro, el arrullo de los insectos predispone el alma a liberarse, y la prepara para el descanso. En ese estado de relajación, parece que se instala entre los dos una extraña complicidad. No se trata de un vínculo amoroso, ni mucho menos de un deseo sexual. Es más bien una sensación de amparo, de mutua comprensión, como la de dos viejas almas que confluyen.

Esos encuentros a media luz avivan en Teodoro el deseo de querer saber más sobre la señora Antonia. Una de las razones es ese silencio que la mujer abandera sobre todo lo suyo y que, ahora, comienza a resultarle un enigma. A esto se une también el hecho de que, en los últimos tiempos y sobre todo cuando salen juntos a la galería durante la velada, mientras él lee su único libro, a veces levanta la vista y descubre a ña Antonia que lo observa con una mirada extraña, como si no le estuviese destinada, concentrada en la visión de algo que a él se le escapa. No se atreve a hablar en esos casos por miedo a arrancarla de su trance, como el que no quiere despertar a un sonámbulo. Pero esos lapsus, tan mudos y tan misteriosos, le intrigan.

★★★★★

El atardecer empieza a perder sus colores y queda reducido a un leve resplandor anaranjado en el oscuro horizonte. Las sombras van diluyendo el patio en un borrón sin límites ni contornos, mientras Teodoro sigue con su lectura, bajo la lamparita en la galería. La señora Antonia bebe a sorbitos el tereré helado al ritmo de los grillos en su eterno cántico crepuscular.

—¿Y vos qué leés? —pregunta de repente la mujer mientras observa a su acompañante con su libro.

El hombre levanta la cabeza, extrañado.

—Disculpá, no quise ser indiscreta…

—*El principito* —contesta Teodoro, segundos más tarde, mostrándole la cubierta.

—Ya. Pero, ¿de qué trata?

—De un aviador que se pierde en el desierto y, mientras repara su avioneta, encuentra a un pequeño príncipe que viene de otro mundo.

—¿Es un cuento para criaturas?

—Es un cuento para cualquier edad.

—¿Podés leerme un poco?

El hombre la mira. Le parece una petición inusual. Hace mucho que solo lee para sí mismo, ha perdido la costumbre de oírse leer en voz alta, para otra persona.

Comienza la lectura de forma pausada, como hacía con Margarita cada noche, y se deja llevar. Pasados unos minutos, levanta la vista: espera una reacción de la mujer. Ella lo observa, de esa manera extraviada, tan impenetrable para él.

—Seguí —le ruega.

Teodoro baja los ojos y prosigue, hasta terminar el primer capítulo.

Después, se hace un silencio incómodo.

—Buenas noches, ña Antonia —dice mientras cierra el libro y se pone en pie.

—Buenas noches, Teo. Descansá. Y… gracias.

El joven se dirige al interior. Mira el patio antes de abandonarlo. La oscuridad lo ha devorado, a excepción de la lamparita que ilumina la zona en la que él estaba sentado con su lectura. La débil luz apenas permite adivinar la silueta de la espalda de la mujer. Teodoro se gira y entra en la casa.

La señora Antonia se queda sola en la penumbra. Tiene los ojos fijos en el hueco que su huésped ha dejado hace un instante.

—¿Por qué volvés ahora a mí? —susurra.

La pregunta dirigida a ese vacío luminoso recibe como respuesta un aleteo. Un pequeño colibrí, despistado por el foco, revolotea en torno a él en la creencia de un repentino amanecer a deshora.

—¡Andate, nomás! —dice la mujer, a la vez que hace un aspaviento que aleja al picaflor, quien, con su vuelo, arrastra tras de sí la ilusión de ese insistente fantasma.

★★★★★

Durante las siguientes noches, la escena de la lectura vespertina se repite hasta que el hombre termina de leer todo el libro a la señora Antonia.

Es martes, día de visitas en la cárcel. Desde que Elisa está presa, hace ya más de nueve meses, Teodoro nunca ha ido a verla. Le han faltado la voluntad para hacerlo y las fuerzas para afrontarla.

Esa mañana está decidido a ir al Buen Pastor. Se ha cansado de lanzar su pregunta a los muros de la cárcel y que estos se la reboten sin contestar. Acuciado por el sentimiento de curiosidad que lo invade últimamente, se dispone a pedir respuestas a la única persona que puede ofrecérselas.

La señora Antonia ha salido para una visita médica y ha dejado la casa a cargo de Adelita. Por una extraña razón, le hubiese gustado verla antes de que se fuera, comentarle lo que iba a hacer. En lugar de eso, va a su valija, elige las ropas menos usadas que tiene y se viste. Se despide de la muchacha y se va caminando con calma hacia la cárcel de mujeres. Su nuevo impulso vital consigue desviarlo por la calle Mariscal López, lo que le evita atravesar el cementerio y, de esta forma, eludir la obligada parada ante el sepulcro.

Cruza por la gran arteria; no quiere pasar por la calle Chóferes del Chaco, pero allí se encuentra la puerta de entrada a la prisión. Sabe que puede tropezar con las miradas indiscretas de los otros vendedores que, después, comentarán a sus espaldas o le torturarán con preguntas que no desea escuchar y mucho menos responder. Así que se mezcla entre los demás visitantes para intentar pasar desapercibido. Una vez dentro, hace las formalidades de acceso y se sienta a esperar a que lo llamen para ver a la detenida.

—Teodoro Pineda —grita una voz femenina al cabo de unos minutos desde lo que parece la zona de entrada al recinto donde se encuentran las presidiarias.

Permanece quieto en el sitio. Un agujero en el vientre lo paraliza, como si le arrancasen las vísceras. Se siente desfallecer.

—¿Teodoro Pineda? —insiste la funcionaria con tono apremiante.

Está petrificado. A su mente acuden como fogonazos recuerdos desterrados: su vida con Elisa, el colegio donde él enseñaba y que su hija frecuentaba, los domingos de paseo con la niña. Con cada memoria, el agujero se agranda. Tiene que salir de allí. Se pone en pie y la imagen que más ha luchado por borrar lo asalta: la niña muerta, inerte. La náusea lo invade; debe marcharse, alejarse de ese lugar.

Se dirige hacia la mujer en la entrada, la que lo ha registrado y la que mantiene su cédula hasta que finalice la visita. Balbucea una excusa sobre una inexistente urgencia para recuperar su identificación. La funcionaria lo mira un rato antes de rebuscar entre las tarjetas. Teodoro siente que todo gira a su alrededor. Necesita irse para ahuyentar esos pensamientos que lo rondan y que solo buscan un pequeño resquicio para salir del rincón oscuro en el que él los ha encajonado.

En cuanto recibe el carnet, se dirige a la salida y atraviesa la puerta. Comienza a correr para alejarse del lugar lo antes posible, pero también para evitar tropezar con las miradas curiosas de sus compañeros en la calle. Cuando llega a la otra entrada de la prisión, la que está siempre cerrada y que da a la capilla sobre la avenida Mariscal López, se sienta en las escaleras. Respira por la boca y por la nariz para hacer entrar el máximo de oxígeno en sus pulmones, como un náufrago en busca de aire después de precipitarse al mar. Permanece así por unos instantes hasta que se serena.

★★★★★

Camina durante un par de horas por las calles de la zona. Sus pensamientos lo empujan una y otra vez hacia la tumba, a enganchar su alma en ella y lanzarse al vacío para abrazar un salto sin retorno, siguiendo el primer impulso que tuvo desde que depositó el pequeño cadáver en el féretro blanco que envolvió la tierra.

Ahora, su cuerpo lo ha ido alejando poco a poco del camino que su mente le incita a seguir y dirige sus pasos hacia otro destino. Cuando levanta los ojos del suelo, se ve ante la puerta de la casa de la señora Antonia y no puede evitar cierto regocijo.

Llama. A los pocos instantes, la mujer abre y lo recibe con su sonrisa llena de hogar.

—¡Teo! ¿Qué hacés por acá a estas horas? Pasá nomás. —Se aparta para permitir que entre—. ¿Comiste? Sentate conmigo —le dice a la vez que se encamina hacia la cocina.

El hombre la sigue. Huele bien, a empanadas recién hechas. Se da cuenta de que no ha probado bocado en lo que va de día.

—¿De dónde salís, vos? —le pregunta. Mira de arriba abajo a su huésped bien vestido, sin su mochila—. ¿No fuiste a la calle?

—No. Vengo del Buen Pastor. Fui a ver a Elisa —le contesta mientras toma asiento en una de las sillas que rodean la gran mesa de la cocina.

Teodoro sabe que la señora Antonia no tiene idea de quién es Elisa, pero no dice nada más. La mujer, que ha vuelto a sus preparativos entre harinas y está de espaldas a él, se queda parada un instante, sin darse la vuelta.

—¿Y? —le dice a la vez que retoma sus quehaceres.

—Y nada. No pude entrar a verla —le contesta abatido, cansado.

La dueña se gira, despacio. Se limpia las manos, coge un plato en el que sirve unas cuantas empanadas y lo coloca delante de él.

El hombre sonríe con desgana. Ella se vuelve de nuevo y sigue amasando.

—Ña Antonia… —comienza a decir Teodoro y se demora un poco en continuar a hablar.

Desde que empezó a interesarse por ella, un interrogante ronda la cabeza del joven huésped, pero no se atreve a plantearlo. La mujer, que está concentrada en sus faenas culinarias, emite un sonido a modo de invitación para que su amigo termine la frase.

—¿Por qué hacés lo que hacés?

La pregunta se ha deslizado de sus labios. Teodoro, sin querer, aguanta la respiración, porque no sabe cuál será la reacción de la señora; porque, quizá está traspasando algún límite invisible, alguna frontera.

Entonces ella deja de amasar la preparación para el pan y se vuelve para mirarlo.

—¿A qué te referís, Teo? —le cuestiona con un tono que denota extrañeza.

—A… esto —dice el hombre sin pensarlo mucho a la par que extiende los brazos y señala la casa, la cocina—. ¿Por qué te ocupás de gente así… como yo?

—No lo sé —le contesta de inmediato la señora Antonia mientras mueve la cabeza de un lado a otro.

Después se hace el silencio.

Teodoro mira a la mujer con gesto interrogante y ella le devuelve la mirada junto con una mueca algo fría, despegada, lo que hace pensar al joven que no va a obtener respuesta alguna.

—Todos los hombres importantes para mí marcaron la vida que debía vivir —dice ña Antonia, a la vez que se gira para proseguir con su faena.

Su interlocutor dibuja una imperceptible sonrisa en sus labios y espera que su hospedadora continúe hablando.

—Primero papá, luego mi marido y después mis hijos —sigue diciendo la señora.

De pronto se calla y mira a través de la ventana. Teodoro la observa y aguarda impaciente el resto del relato.

—Muy joven me casé, apenas salía de la adolescencia —prosigue ella mientras observa por la cristalera—. Papá arregló el casamiento.

Y baja la cabeza hacia la mezcla enharinada que prepara.

—Me ocupé de mi marido hasta que el alcohol lo mató: el hígado lo reventó por dentro.

Vuelve a empujar la masa contra la mesa de trabajo, la estira con fuerza para reunirla de nuevo. Tras ello, retira algunos mechones de su cabello que caen sobre sus ojos y sigue contando.

—Veinticinco años tenía cuando enviudé, aún era una niña.

Teodoro la ve mover la cabeza de un lado a otro en señal de abnegación.

—Después vendí las vacas y parte de las tierras de mi esposo, que era un viejo borracho pero con plata, y me marché de allá. —Sonríe, aunque él no puede verlo—. En ese momento decidí que los únicos hombres que quería a mi lado eran mis tres chicos.

Se detiene un instante y extiende más harina sobre la superficie en la que amasa.

—Y me fui, me alejé de todos. Me dediqué a mis hijos hasta que se hicieron grandes.

De nuevo se concentra en su trabajo y deja de hablar. Teodoro la observa en silencio, a la espera del resto de la desconocida historia de ña Antonia, que parece ir emergiendo a la par que va tomando cuerpo la masa de pan en la que tanto se esfuerza.

—Cuando los chicos crecieron y me quedé sola me dije que era tiempo de hacer lo que se me daba la gana; pero no supe el qué. —Deja de amasar unos instantes y se queda en una posición pensativa a ojos de su interlocutor—. Aún no lo sé —termina diciendo a la par que retoma su actividad—, así es que decidí hacer lo que siempre hice, lo que mejor sé hacer: cuidar de los otros, ocuparme de quien me necesita.

Y enmudece. Introduce la masa en forma de pelota en un recipiente que cubre con una tela para dejar que crezca.

Teodoro se molesta con el repentino silencio de ña Antonia porque entiende que la mujer no le va a contar más. Le gustaría preguntar, indagar en lo que ella calla, pero no lo hace. Baja la vista y sus ojos tropiezan con las empanadas: de pronto tiene hambre. Toma una y se la lleva a la boca. La mujer gira la cabeza para mirarlo y sonríe al verlo comer. Después va hacia el fregadero y empieza a lavar los utensilios.

Cuando termina las empanadas, el joven dice a la dueña de la casa que se marcha un rato a la calle, a ver si aún puede vender alguna mercancía. Ella asiente y lo deja partir. Se apoya en una silla de la cocina y lo ve dirigirse hacia el salón para cambiarse de ropa y coger su mochila con las mercaderías.

★★★★★

Una vez que Teodoro ha salido, la señora Antonia va a su habitación. Se sienta en la cama y saca el sobre del cajón, para dejarlo sobre la colcha, como tiene costumbre de hacer. Lo mira y, después, lo toma entre sus manos, lo acerca a su pecho. Respira hondo y cierra los ojos.

Al cabo de un rato los abre y fija la mirada al frente.

—Ya sé lo que querés y por qué volviste... —dice en voz alta—. Tenía que haberlo imaginado la otra noche, cuando te vi por primera vez.

Sigue observando ese punto fijo, a un invisible interlocutor.

—Sé que me muero. No precisaba confirmación del médico. Por eso estás acá, ¿verdad? Venís a buscarme...

Baja los ojos hacia sus manos. Retira la carta que aún mantiene pegada a su pecho. Se la acerca a los labios y la besa. Abre de nuevo el cajón de la cómoda, la deja en su lugar, con delicadeza, y le dedica una tierna mirada antes de cerrarlo.

—¡Ña Antonia! —interpela Adelita golpeando la puerta de su cuarto.

—¡Voy, voy! —contesta la mujer sobresaltada mientras se levanta de la cama.

Cuando abre, se encuentra con la muchacha que la mira de forma extraña.

—¿Estás bien, criatura? ¿Qué tenés? —le pregunta la señora con inquietud en su voz.

La joven baja la mirada y no contesta.

—¡Hablá! —insiste la mujer.

—No es nada, es que…

—¡Decime, nomás, que me tenés preocupada!

—Ña Antonia…, tu hijo ha llamado.

—¿Cuál de ellos?

—Rodrigo…

La chica baja los ojos. La señora sonríe. Ha visto cómo la muchacha mira al menor de sus hijos cada vez que viene a casa, cómo se sonroja cuando él le habla.

La señora Antonia la observa con cariño, casi podría decirse ternura. Ve la larga cabellera negra trenzada de la muchacha, sus rasgos guaraníes, de ojos oscuros y vivos, y su piel de canela, que siempre huele a guisos y a flores de frangipani. La joven mantiene la cabeza gacha y el rubor sigue aún en sus mejillas. Ña Antonia se da cuenta de que la niña se ha convertido en una linda mujer. Y es que el tiempo ha pasado desde que Adela tocó a la puerta de su hogar por primera vez: tenía en ese entonces dieciséis años; ahora ya cumplió los veintitrés. Seguramente, por su discreción, pasa desapercibida, como parte integrante de la casa, de su esencia, de su ser palpitante. Pero Adela es mucho más. Es una compañera fiel, es la hija que ella nunca tuvo, su bastón, su apoyo incondicional.

Es difícil saber si esa debilidad de Adelita por Rodrigo agrada a la señora o no, pero, por la sonrisa que se le dibuja en los labios al ver a la muchacha tan azorada, no pareciera que ese sentimiento le disguste.

—Y… ¿qué quería Rodrigo? —pregunta la mujer, aún sonriendo.

—Precisa de una carpeta que olvidó aquí el domingo y…

La joven parece querer seguir la frase, pero se frena.

—Andá a llevarla, muchacha, que estará esperando. Yo no puedo ir ahora, debo atender el pan.

—Ya voy, señora.

La dueña de la casa ve los ojos de Adelita que chispean de alegría y se da la vuelta para marchar hacia la cocina. De camino a ella, la mujer no deja de sonreír. «¡Jóvenes!», se dice entre dientes mientras mueve la cabeza de un lado a otro.

★★★★★

Las veladas de tereré se van sucediendo cada día de la misma manera. Al caer el sol, Teodoro y ña Antonia salen a la galería, ocupan sus respectivos lugares y se disponen a oír el canto de los insectos o a recibir la esporádica visita de su tenaz colibrí noctámbulo. Algunas veces el joven, cuando levanta los ojos de su eterna lectura y mira a la mujer, percibe esas miradas ausentes con mayor frecuencia. No se alarma por ello, comienza a acostumbrarse a reconocerlas.

Sin embargo, no puede evitar sentirse extraño al encontrarse con sus ojos color miel que lo miran sin verlo.

Esa tarde-noche de verano, los jazmines de la casa vecina perfuman el patio con una fragancia que se intensifica en esos momentos posteriores al ocaso. Teodoro lee bajo la luz macilenta de la lamparita en el patio. La orquesta de grillos está especialmente bulliciosa debido al incesante calor. La señora Antonia se abanica a la vez que da largos sorbos de la bombilla, pero apenas se refresca con el jugo helado de los yuyos de su tereré. Su huésped la ve hoy más atenta a lo que pasa a su alrededor, menos poseída por sus extrañas ausencias.

—Decime, Teo, ¿vos tenés hermanos, familia?

La pregunta le toma desprevenido. Nunca se han interrogado sobre cuestiones personales y se siente algo incómodo tratando esos temas.

—No, señora —le responde de manera fría.

—¿Y tu papá y tu mamá aún viven?

Se remueve en su silla, molesto.

—No. Mamá murió cuando yo era aún criatura. A mi papá no lo conocí.

La mujer se queda callada. Teodoro retoma su lectura, convencido de que ya no habrá más consultas.

—Teo —le interrumpe de nuevo la señora Antonia—, hace ya un par de días que busco hablar con vos.

El joven deja el libro con recelo sobre sus rodillas. La pregunta sobre su familia y ahora esta petición de querer hablarle le hacen sentir cierto desasosiego. No quiere parecer descortés, ni mucho menos desagradable, pero se le nota fuera de lugar, intranquilo.

La señora Antonia sonríe, ladea la cabeza y lo mira a los ojos. Él la ve dudar, parece que ella no sabe cómo empezar. Por unos instantes, que él percibe como eternos, Teodoro siente un impulso irrefrenable de salir corriendo de allí; pero no lo hace, todo lo contrario, con calma, observa a su interlocutora y espera a que se decida a empezar. Poco después, ve a la señora Antonia inhalar con fuerza.

—¿Vos sabés que yo no sé leer?

El joven no puede ocultar su incredulidad.

—No, ña Antonia, ni siquiera lo imaginé.

Ella sonríe y él nota que ahora la que está incómoda es su interlocutora porque retira la mirada.

—Papá nunca quiso que fuese a la escuela: la única entre tanto varón, debía quedarme en casa, con mamá. Cuatro hermanos tuve, no sé cuántos seguirán vivos…

El muchacho la observa, callado.

—«Una mujer no precisa letras», me repetía papá, «precisa un hombre que provea».

La ve hacer una media sonrisa, como una mueca de sarcasmo.

—Nunca lo sentí así, era muy capaz de defenderme por mí misma. Pero, después de un casamiento que no pedí, me encontré con una plata que tampoco busqué, así es que no sentí el deseo de aprender a leer, porque no me hizo falta en mi día a día.

Ña Antonia dirige los ojos hacia su joven amigo, y antes de que este haga la pregunta, ella le contesta.

—Ahora…, he cambiado de opinión.

Él la estudia. Ve que su mirada empieza a tornarse distraída y teme que ella se pierda en ese mirar extraño que la aleja de él y de la realidad. Sabe que tiene que actuar para traerla de vuelta a la conversación.

—¿Y por qué cambiaste de opinión? —le pregunta finalmente.

Los ojos de la mujer parecen querer centrar un punto de atención. Teodoro los ve ir enfocando, como el objetivo de una cámara, hasta que poco a poco regresan a aquel patio, con su huésped, entonces ella deja escapar un suspiro y parpadea.

—Creo que llegó el momento de aprender —le responde sin más y le devuelve una mirada que, esta vez, sí le está dirigida.

Después, guarda silencio.

El olor a jazmín se torna más intenso por una ráfaga de viento cálido que remueve las ramas de las plantas.

—Teo… —dice titubeante.

Su joven amigo la mira, percibe la duda en su voz, y le parece, incluso, que no se atreve a devolverle la mirada.

Poco después, la señora Antonia dirige los ojos hacia él y le sonríe coqueta.

—Vos… ¿podés enseñarme a leer? —le pregunta finalmente.

Su interlocutor desvía la cabeza, confuso, y antes de que pueda asimilar tal petición, su hospedadora prosigue:

—Sé que podés hacerlo, Teo. Vos… leés bien y me podés tener paciencia, a una vieja como yo… —Se ríe—.

No te pido que lo hagas gratis, no —continúa diciéndole con una voz que suena a un ruego—. Te propongo un intercambio: vos me enseñás a leer y podés quedarte en casa, como familia, como mi ahijado. ¿Qué pensás? Ganamos los dos en esto, ¿verdad?

El joven está sorprendido: ña Antonia nada conoce sobre su pasado, ni de su antigua profesión. Durante unos segundos interminables el silencio devora el siempre bullicioso patio. No se oyen los grillos, ni ninguno de los ruidos de la noche, como si la vida se hubiese congelado expectante, a la espera de una contestación de su parte.

Sabe que la mujer necesita una respuesta afirmativa, y quiere dársela. Pero le cuesta. Observa a su interlocutora, levanta una mano hacia su cabeza y se toca el ensortijado cabello negro. Después, mientras acaricia sus rizos, baja la mirada hacia el suelo, como si buscase una escapatoria.

Tras unos instantes, Teodoro entorna los párpados. Las comisuras de sus labios se endurecen en una mueca que anticipa el dolor que le van a causar las palabras que va a pronunciar. Exhala aire con resignación y expulsa un: «Está bien». Mientras, abnegado, se dice a sí mismo que no puede huir de lo que es, aceptando así su derrota en ese pulso que la vida le impone.

—Gracias, «profesor» —oye decir a la señora Antonia con un tono de alivio en sus palabras.

Entonces se gira. No quiere que la mujer lea en sus ojos el estupor que le produce ser llamado de aquella manera de nuevo.

«Al destino le gusta jugar conmigo», se dice.

Minutos después, cierra su libro, se levanta, murmura un «buenas noches» y entra en la casa dirigiéndose a su cama.

Ña Antonia lo observa marcharse y sonríe. Poco después fija la mirada en el vacío que su acompañante acaba de dejar, dice «buenas noches», se pone en pie y se marcha a su habitación.

III

El verano está llegando a su fin, aunque en Asunción, el paso de una estación a otra rara vez supone algún cambio. El otoño no viste la ciudad de dorados u ocres, sino que sigue mostrando ese verde tan selvático que pinta las calles de la capital del Paraguay.

Las temperaturas continúan siendo elevadas, pero las noches se vuelven agradables y, a veces, incluso frescas. Los asuncenos aprovechan ese pequeño respiro para caminar por la Costanera a lo largo del río Paraguay, sobre todo los fines de semana y en las horas en las que el sol se siente más ligero. Algunas barcas ofrecen paseos en la bahía para ver los atardeceres, que tiñen las aguas de colores inverosímiles: desde el púrpura hasta el rosa pasando por el rojo más intenso o el naranja centelleante. El ocaso en Asunción es cada día único, como si un caprichoso pintor quisiera vestir la ciudad de tonos diferentes en cada puesta del sol.

Los colegios han reabierto ya sus puertas y el tráfico vuelve a ser ese bullicio de coches y motos que colapsa la urbe, no siempre siguiendo las pautas de las horas punta. Es uno de los momentos álgidos para los vendedores cobijados en los muros de la Recoleta. Aprovechan la vuelta a las clases para ampliar la variedad de objetos a ofrecer a los conductores y pasajeros de los vehículos. Tienen bolígrafos de colores, cuadernos floreados y reglas de diversos tamaños y formas, que se unen al ya existente repertorio de perfumadores de auto, cargadores de mechero o limpiaparabrisas.

Teodoro, aunque continúa yendo a la venta en la calle, desde hace un par de semanas comienza a marcharse más pronto de lo habitual. Los demás compañeros cuchichean entre ellos cuando lo ven recoger temprano, cargar su mochila a paso ligero, y a veces, olvidar pasar a hacer una visita a la tumba de Margarita. Alguno aventura que se ha echado novia, otro dice que tiene un trabajo, y el más atrevido proclama haberlo visto con cierta banda de merodeadores buscando ventas más fructíferas que las que hacen ellos en aquella calle.

Su actitud ha cambiado, otra de las cosas que propicia el chisme; ahora se le ve menos callado, más atento e, incluso, se podría decir, que hasta feliz.

★★★★★

Esa tarde de casi otoño, Teodoro se despide pronto del resto de los vendedores y se encamina con paso firme a casa de la señora Antonia. Lleva bajo el brazo un cuaderno para la mujer, para que pueda practicar las letras.

—Ese no fue el trato, Teo. Yo te pedí que me enseñes a leer, no a escribir.

—Pero, ña Antonia, lo uno va unido a lo otro.

—No me vengas con historias que yo, a estas alturas, no tengo mano para hacer garabatos.

Sonríe al recordar lo enojada que parece estar cada vez que intenta escribir alguna palabra.

—No puedo, Teo —se queja cuando tiene que copiar una frase entera.

Y él, con mucha paciencia, le ayuda a repetir una y otra vez hasta que lo consigue.

—Vos me engañaste. Solo precisaba aprender a leer —reitera sobrepasada—. Cuando ya sé una culebrilla de esas, me decís que también tengo que aprender la pequeña, ¡cómo si no fuese suficiente una forma de dibujar una letra!

—¡Ay, ña Antonia! ¡Qué plagueona sos! —le responde bromeando—. Sos peor que las criaturas del colegio…

Entonces, su alumna lo mira de forma distinta, podría decirse que con cierta satisfacción en sus ojos. Después, resopla y ataca sus deberes de nuevo.

—Vamos, mujer, que ya que te ponés, ponete bien y aprendé las dos cosas de una. Pensá todo lo que saber escribir te facilitará la vida…

Y ahí, la dueña de la casa baja la vista y calla.

★★★★★

La noche está fresca, después de la lluvia de la tarde. La señora Antonia ha salido a tomar su tereré a la galería, en esa tradición que pareciera llevar una eternidad vigente. Su acompañante aún no ha llegado, la mujer lo dejó recogiendo los cuadernos y apuntes del día de hoy. Mira hacia arriba; el cuarto creciente se ve en el cielo despejado, mientras el coro de grillos comienza a entonar las primeras notas de su adormecedora melodía.

Desvía sus ojos hacia la lamparita bajo la cual se suele sentar Teodoro con su libro.

—¿Qué decís? No, no… ya queda poco —dice en respuesta a un interlocutor inexistente—. Pronto, ya pronto podré leer tu carta, querido mío —añade a la vez que afirma con su cabeza.

En ese instante, Teodoro entra en la galería y acierta a oír las últimas palabras de ese monólogo-conversación. Extrañado, indaga:

—¿De qué carta hablás, ña Antonia?

La señora se sobresalta, no lo ha visto venir.

—No es nada, Teo —le contesta a la vez que se gira hacia atrás y busca con sus ojos al recién llegado.

Mientras se sienta bajo la luz y abre su libro, Teodoro mal disimula la picazón que le produce la curiosidad de lo que acaba de escuchar fortuitamente.

El colibrí trasnochador que tan a menudo revolotea por el patio, se acerca tímido a las flores en torno a ellos. Ña Antonia lo observa con los ojos entrecerrados, con esa mirada coqueta que se le pone al guiñarlos.

—¿Conocés la leyenda del picaflor? —pregunta la mujer a su acompañante mientras mira al pajarillo.

Teodoro siente que ella busca desviar su atención hacia otro tema. Divertido, le sigue el juego.

—¿Que mainumby recoge las almas de las flores y las conduce al paraíso? —le dice y deja su libro a un lado.

—Esa misma.

—Sí, la conozco. Mamá me la contaba de niño y con mis alumnos en el colegio la leíamos a menudo.

—Mainumby, el pequeño colibrí, el ave más perfecta creada por Tupá —reflexiona ña Antonia y cierra los párpados.

—La que conecta el mundo de los vivos con el de los muertos —apunta el joven.

Ña Antonia sonríe. Abre los ojos, fija la vista en su amigo de aquella forma opaca que él tanto teme, y dice:

—A veces los muertos tienen extrañas maneras de contactarnos.

Teodoro la observa mientras ella lo mira sin verlo y sin poder reprimirse, su boca suelta una pregunta:

—Como, por ejemplo, ¿cartas sin leer?

La mujer clava sus ojos en los de su interlocutor.

—Y sí… —le responde después de un momento—. Como cartas sin leer, sí —añade mientras le dirige una mirada tan penetrante, que a su amigo no le cabe duda alguna de que es a él a quien está dirigida.

Instantes después la mujer vuelve a guardar silencio y sus párpados se cierran. El colibrí los ha abandonado hace rato. Los grillos entonan su cántico con pequeñas pausas, y una nube tímida atraviesa la tenue luz del gajo lunar colgado en la noche asuncena. El perfume del jazmín vecino los acompaña con cada suave ráfaga de viento que sopla.

—Hubo una vez un hombre… —murmura ña Antonia de forma casi inaudible.

Teodoro la observa atento a sus palabras y ella vuelve una vez más la vista hacia él, pero sus ojos ya no lo miran. Ella está presente en cuerpo, pero su alma vaga por algún rincón perdido de su pasado. Hoy, además, su amigo se da cuenta de que la mujer mantiene una conversación con un tercer asistente que solo ella ve y que, muy posiblemente, visualice a través de él.

Esta constatación le inquieta aún más. La observa intrigado, mientras le escucha retazos de frases de una discusión ajena a él, a ese tiempo y, seguramente, también a ese lugar.

—Yo acepté amarte, siempre lo hice… —susurra la señora mientras cierra los párpados y su cabeza hace un ademán de quien espera una caricia o un beso de despedida.

—Ña Antonia… —Teodoro se levanta y le toca el brazo—. Andate a dormir, ña Antonia, que es tarde y parece que lloverá de nuevo.

Siente que a ella le cuesta regresar de donde está; entiende que está lejos, muy lejos, perdida en su pasado y entre sus recuerdos. Teodoro le da un momento para volver al presente, para tomar consciencia y fijar sus pupilas. Cuando por fin lo consigue, la señora lo mira.

—Andate vos también, Teo —le dice sonriendo mientras apoya su mano sobre la del joven.

Entran en la casa en el momento en que el picaflor vuelve a revolotear bajo la lamparita, a la vez que crea una sombra doble en las paredes esquinadas, semejante a la de dos pequeños colibríes negros que danzan en busca el uno del otro, al ritmo de los interminables cricrí de los grillos.

★★★★★

Han pasado casi dos meses y las clases de lectura y escritura avanzan a buen ritmo. Teodoro se siente muy satisfecho por la rapidez con la que su alumna aprende: la señora Antonia ya es capaz de leer frases enteras, aún con cierta ayuda, pero en poco tiempo ya no la necesitará.

Sin embargo, el joven profesor está preocupado: ve que su amiga no se encuentra bien. Cada día está más fatigada y, a veces, le resulta difícil respirar. Ella le resta importancia e intenta seguir su ritmo de siempre, pero él se da cuenta de que algo va mal. Le ha rogado visitar al doctor, ha querido avisar a sus hijos, pero ella se niega a ello y le ha hecho prometer que no llamará a nadie sin su consentimiento.

Al hombre le cuesta aceptar esa decisión y mantener ese compromiso, pero tampoco es capaz de traicionar su confianza, así es que permanece más tiempo a su lado, con la excusa de las clases, espiándola, vigilándola en secreto. Ha comenzado a ir a vender a la calle solamente algunas horas por la mañana, y cuando está allí, su mente se encuentra más pendiente de su alumna que de los coches y las ganancias.

Los pensionados siguen yendo a casa de la señora Antonia. Adelita se ocupa de ellos, según las directrices de la dueña, aunque cada vez son menos los que se quedan, y los pocos que lo hacen, van más de tarde en tarde. Algunos ven a ña Antonia débil, y no se atreven a quedarse por miedo a causarle más trastorno. Otros, más interesados, dicen que el trato ya no es el mismo y que la comida de la chica no es como la de la señora de la casa. A Teodoro le gustaría acabar con esas visitas, pero sabe que tampoco es su decisión. Verlos en la casa le incomoda, de la misma manera que la presencia casi constante del profesor en la pensión perturba a los otros. El joven no puede echarlos ni tampoco puede dejar de ir a la calle a vender, pero siente los cuchicheos cada vez que pasa delante de ellos, así como sus miradas suspicaces.

★★★★★

La mañana en que ña Antonia pierde el conocimiento por primera vez, Adelita llama alarmada al médico, el señor Lorenzo. La dueña de la casa y él son amigos de infancia porque vivieron en el mismo pueblo.

Un cuarto de hora más tarde, Lorenzo se presenta en la casa. La mujer ya ha recuperado la consciencia, pero está pálida, sin aliento.

—Tenés que contarle a tus hijos, Tonina. No podés seguir en esta situación, precisás atención y cuidados —le dice después de examinarla en su habitación.

—¡Exagerás, Lorenzo! Puedo valerme sola, ¿verdad? Sobre todo no quiero alarmarlos y que se me queden en casa a todas horas. Ya sabés que no me gusta depender de ellos… no quiero depender de nadie.

El médico mueve la cabeza en un signo de negación.

—Tonina, me prometiste que lo harías, yo no voy a guardar más esto en secreto. Sabés que siempre te he apoyado, que siempre he estado de tu lado… Pero ahora… ahora no, Antonia, así no. No podés estar sola ahora, mujer, ya hablamos de ello… —le dice muy serio.

—Sé que vos te preocupás por mí, y te lo agradezco, pero no va a ser en estos momentos que deje de ser como soy. Además, no estoy sola, está Adelita…

—Adelita, ya… Adelita es una buena muchacha, no digo que no, pero no es tu hija, Antonia, no lo es. Y necesitás a tu familia, necesitás a tus hijos acá, con vos…

—Lorenzo, no…

—Antonia, estamos ya grandes para estas cosas. He sido tu confidente por años, te he guardado secretos, inclusive estuve a tu lado cuando te fuiste de casa, cuando enfrentaste a tu padre, y después cuando… bueno, ya sabés…

Con un ademán de la mano aleja esta última frase.

—Son tus hijos, Tonina —agrega—, y tienen derecho a saber de tu salud. Lo que vos hacés después es cosa tuya…

Ella lo mira y asiente sin añadir palabra. Lorenzo se levanta para dirigirse a la salida. Antes de marcharse, se gira de nuevo hacia su vieja amiga.

—Veo que tenés a alguien que se preocupa por vos… —añade, señalando con la cabeza detrás de la puerta—. Me alegro.

Ella no dice nada.

Cuando sale de la habitación, el médico se encuentra a Teodoro sentado, aguardando. Poco después lo ve levantarse y acercársele con preocupación y ansiedad en sus ojos. Lorenzo lo mira despacio y le dice:

—Está muy débil. Tenés que insistirle en que llame a sus hijos, hacelo, porque ella no quiere.

Después toma del brazo al joven profesor y se lo lleva a una esquina, lejos de la pieza de la señora Antonia.

—No sé qué buscás con ella, ni yo soy nadie para meterme en su vida —le dice en un tono que parece amenazante—, pero tiene una familia, unos herederos…

Teodoro se suelta de su mano con fiereza y lo mira retador.

—No quiero nada, señor —le contesta—, solo busco retornarle un poco de todo lo que ella me ha dado al acogerme cuando no tenía nada ni era nadie. Haré lo que considere mejor para ella. Que te guste a vos o al resto, me da igual.

Lorenzo asiente.

—Eso espero —añade mientras se dirige a la puerta para marcharse.

El joven huésped se queda un rato en el recibidor, tras su marcha. No quiere pensar en lo que acaba de ocurrir, pero la conversación con el médico le ha marcado más de lo que quiere aceptar. Adelita aparece y lo mira de reojo. Teodoro no sabe si ella ha escuchado las palabras de Lorenzo o no y, por un momento, se siente incómodo.

—La señora Antonia te reclama, señor Teo. Te pide que te vayas a su cuarto.

Teodoro asiente, baja la vista, y se dirige hacia la alcoba de la enferma. Llama suavemente para anunciar su presencia, espera unos segundos y después abre la puerta. Ve a la mujer recostada en la cama, más animada, lo que lo hace sonreír.

—Teo, sentate aquí conmigo, dejame que te cuente… —dice señalándole un sillón cercano, para que lo aproxime a su cama—. Lorenzo me ha pedido que hable con mis hijos —le dice mientras el hombre toma asiento—. Sabés que no quiero, porque de seguro me querrán llevar con ellos. Yo necesito estar acá, en mi casa, es mi decisión, quiero seguir mis estudios con vos, con Adelita. —Le sonríe, con esa sonrisa tan suya—. Pero sé que tengo que decírselos. Y cuando se los diga, no sé si podré continuar acá…

Se calla y entorna los ojos. Teodoro no dice nada, no quiere alborotar su descanso. Instantes después la mujer abre los párpados y lo mira fijamente.

—Prometí tratarte como un familiar y eso haré. Te quedarás en casa todo el tiempo que necesites hasta… —El joven siente que ella busca las palabras para expresar lo que quiere decirle—. Bueno, no me gustaría morir sin verte bien…

—¡Callate nomás, ña Antonia, que no te vas a morir! —grita un Teodoro agitado ante esta inesperada perspectiva.

—Eso no lo sabés, Teo, ni lo podés controlar, ni vos, ni yo, ni nadie.

Teodoro se levanta y comienza a caminar ansioso por la habitación.

—Sentate, por favor, y escuchame —le ruega la señora.

El hombre tarda unos largos segundos en volver a la silla. Cuando se sienta, baja la cabeza, en silencio.

—Sos un buen profesor, lo llevás en la sangre, tenés que volver…

En su interior Teodoro siente un bullicioso hormigueo con miles de pequeñas patitas recorriendo su cuerpo. ¿Ña Antonia se va a morir? Y su cabeza se mueve de derecha a izquierda en un gesto de negación. ¿Y acaso le está pidiendo que retome su vida? ¿Qué vuelva a su trabajo? Continúa haciendo el movimiento negativo mientras intenta procesar todo aquello. No entiende qué está pasando, cuál es la demanda de la mujer. Él no puede regresar al colegio, ir a la clase, estar con los niños. Ya no es el que era, por mucho que ahora haya vuelto a su profesión, pero por ella, solo por ella… Sigue diciendo no con todo su ser a la noticia de la posible muerte, a la petición de retomar su vida. Las hormigas se pasean desde la raíz de su cabello hasta los dedos de sus pies, igual que si fuese una planta; le recuerdan que sigue vivo, a pesar de ello, por encima de él y de todo dolor, que aún respira, y le hacen ver que hay una incipiente raigambre que quiere amarrarlo a la vida.

Ña Antonia lo mira con insistencia. Él no le devuelve la mirada, pero siente los ojos de ella como si le rozasen. Si ahora la mirase se daría cuenta de que esta vez lo observa a él, y solo a él, Teodoro.

—Hablame de Margarita.

La frase le llega como una cuchillada inesperada. Levanta la cabeza y ve a la mujer postrada en la cama. Su mirada es intensa, penetrante, casi lacerante.

—¿Cómo era, Teo? —prosigue incisiva.

Teodoro fija sus ojos en los de su interlocutora. Las hormigas parecen haberse detenido todas a la vez y un hilo invisible tensa su cuerpo casi hasta herirlo.

—Lo era todo.

Le sorprende oír su propia voz responder, y enmudece.

Se siguen mirando fijamente, hasta que él desvía la cabeza hacia la ventana.

—Teo… —comienza a decirle ña Antonia.

—Me hacía reír —le interrumpe el hombre. Después, traga saliva para hacer pasar la angustia en forma de ligadura que le cierra la garganta—. Fue ella quien me hizo amar mi profesión de maestro, con sus preguntas, con sus «por qué» a todo… —Las lágrimas amagan con cubrir su voz.

Carraspea y continúa:

—Margarita «como la flor», respondía cuando alguien le preguntaba su nombre… Era inquieta, lista y muy coqueta… —Las palabras se le quiebran, a pesar de su constante esfuerzo por evitarlo—. Amaba que le repitieran lo linda que se veía, sobre todo cuando le regalaban un vestido… «Prefiero el azul», decía para dejar claro que era su color preferido… «El azul, como mis…».

Teodoro no puede seguir hablando, el nudo le agarra la voz y termina por anegarla.

—¿Qué pasó?

La mujer parece querer hundirle la daga de la manera más profunda posible.

Él le dirige una mirada colmada de lágrimas que apenas llega a contener en las cuencas de sus ojos. Desvía de nuevo la cabeza hacia la ventana y en ella recrea imágenes de su otra vida que duelen. Cierra los párpados para evitar verlas. No lo consigue.

Los segundos parecen no querer avanzar, como si el tiempo se hubiese congelado. Teodoro es un campo de batalla silencioso entre los recuerdos que luchan por emerger y su voluntad, que los golpea para obligarlos a constreñirse de nuevo en esa zona de su mente que él ha acorazado para encerrarlos por siempre, confinados a no volver, a no resurgir. Las preguntas de ña Antonia dan una fuerza inesperada a esas memorias revolucionarias que luchan por retomar el lugar que les corresponde.

La mujer acerca su mano a la de su amigo y la cuerda invisible, que mantiene al joven profesor en esa angustiosa tirantez, parece ceder un poco.

—Elisa y yo discutimos.

Ña Antonia lo observa en su silla. Cada vez se le ve menos tenso y un poco más derrotado.

—Yo debía irme a una reunión en la escuela, por el regreso a las clases. Margarita vino a mi encuentro justo cuando salía, se me lanzó a los brazos y me pidió... me dijo «no te vayas, papá, por favor».

Teodoro se debate entre la cólera y el llanto. Vuelve a respirar profundamente.

—Estaba furioso con mi esposa y alejé a la niña de mí... —Las lágrimas comienzan a rodar por sus mejillas.

Durante unos segundos, el hombre hace aún un esfuerzo por contenerse, por no darse por vencido. Su barbilla tiembla, intentando arrastrarlo hacia el llanto. Suelta la mano de la señora y se frota los ojos con las manos, respira hondo y prosigue.

—Mientras nos gritábamos Elisa y yo, Margarita lloraba. Esa tarde llovía... Yo estaba enojado... Recuerdo la lluvia, recuerdo la ira... También recuerdo cuando me llamaron para avisarme de lo ocurrido...

Las lágrimas se le desbordan y se descuelgan por su rostro. Teodoro se cubre la cara con las manos. Es la primera vez que llora de esa manera ante alguien.

—Teo —le llama la señora Antonia con suavidad—, no fue tu culpa, ¿lo sabés?

La mujer le coge la mano de nuevo y se la aprieta en un gesto de cariño.

Los dos permanecen callados durante un buen rato, hasta que la señora Antonia se duerme.

IV

El invierno se acerca a buen paso para tomar la capital. Aún falta un mes para que llegue, pero el frescor comienza a sentirse tanto en los habitantes como en el paisaje urbano. Algunas plantas reverdecen gracias a la bajada de las temperaturas. Las personas se aventuran más a salir a la calle, lo que da lugar a encontrar viandantes por todas partes.

La ciudad palpita. Los asuncenos pasean por el microcentro, donde la bulliciosa calle Palma, llena de comercios y lugares para comer o tomar un café, se inunda los fines de semana de terrazas y de vida nocturna. Al final de la misma se encuentra la calle de Colón, con sus galerías que albergan tiendas de artesanía, que atraen tanto a nacionales como a foráneos. La Recova, que así se llama esta zona de soportales, exhibe coloridas hamacas que cuelgan de las columnas, mezcladas con abalorios indígenas y hermosos bordados de ao po'i o encaje ju. Pero lo más llamativo son los trabajos en hilo que asemejan delicadas telas de araña o ñandutí, únicos en el mundo, y que se entretejen en círculos concéntricos que perpetúan el legado guaraní del país y su mestizaje.

Los parques se llenan de paseantes ávidos de caminatas a la fresca, sobre todo en las primeras horas de la mañana y en las últimas de la tarde. El Seminario, la Salud o Ñu Guasú, se abren con su verdura para recibir a los que, durante los días más cálidos, no osaban deambular en el exterior por miedo al implacable sol, las altas temperaturas y los inefables mosquitos.

La ciudad parece redimirse gracias al clima, incluso la calle Chóferes del Chaco, donde los vendedores ambulantes siguen lanzándose a la calzada al ritmo del baile del semáforo. Ansiosos por ser el primero en acercarse a los autos, se levantan con rapidez cuando empieza a formarse la culebrilla de coches. Cada uno toma posiciones a lo largo de la misma, mostrando sus mercaderías, intentando convencer a los conductores y pasajeros. Ahora hay algo más de conversación con las personas en el interior de los vehículos, porque muchos abren las ventanas en lugar de encender el aire acondicionado. Se escuchan las distintas emisoras de radio procedentes de los automóviles con sus músicas, discusiones y anuncios publicitarios. Algunos retazos de conversaciones se escapan como el humo y se diluyen entre el resto de los ruidos.

La calle sigue siendo la misma de siempre, flanqueada por los muros de la cárcel y el cementerio, con el bullicio del tráfico, las idas y venidas de los vendedores, las luces del semáforo. Tan solo ha habido una variación: Teodoro ya no pertenece a ella.

★★★★★

—Pero ¿te encontrás bien, mamá? —pregunta Rodrigo.

—Sí, estoy bien. Van a soportarme aún por mucho tiempo, hijos.

La señora Antonia sonríe, intenta aplacar los nervios de los tres hermanos congregados en torno a la mesa de la salita de visitas de su madre.

—Mamá, no entiendo por qué no querés venirte a casa con Marta y los chicos —argumenta Felipe, el hijo mayor—. Sabés que los niños te adoran, sos su abuelita, y para Marta sos como su mamá. Vas a estar mejor que acá, sola…

—No estoy sola, está Adela y…

—¡Pero tenés que estar con nosotros ahora, mamá! —protesta de nuevo el primogénito; desvía la vista hacia la muchacha y añade—: Disculpame, Adelita, con mis hermanos te tenemos confianza, pero tenés que entendernos también…

Y levanta los hombros a la vez que los brazos en un intento de hacerse comprender.

La joven baja la vista y asiente.

—Además está ese otro, ese hombre al que querés que te confiemos, un extraño del que no sabemos nada… —dice el segundo hijo, Antonio, el único que lleva el nombre de uno de los progenitores—. Podría hacerte algún mal, mamá, dos mujeres solas con un desconocido…

—¡Eso no, señor Antonio, que Teodoro ni es malo, ni es un desconocido! —grita Adela saliendo en defensa del que ya considera parte de su familia. Después mira de reojo a Rodrigo y se muerde los labios.

—Adela, andate a la cocina a ver el puchero, no vaya a ser que se queme. Y cerrá al salir —le dice ña Antonia para quedarse a solas con sus hijos.

Mientras la joven entorna la puerta, alza los ojos buscando los de Rodrigo, pero él no la mira. Baja la cabeza y antes de cerrar por completo se oye a la señora Antonia decir:

—Ya estoy grande para todo esto y haré lo que se me dé la gana, ¿oyeron? No me voy…

La discusión continúa cuando Teodoro regresa a casa. Adelita sale a su encuentro y le comenta de la reunión que está teniendo lugar en la salita. Inquieto, el profesor aguarda en la cocina, junto a la joven, la salida de toda la familia y el veredicto sobre si continúan o no juntos en la vieja casona los actuales tres habitantes de la misma.

★★★★★

Después de un acalorado debate, en el que la controvertida figura de Teodoro ha sido el tema más espinoso, la señora Antonia ha logrado convencer a sus hijos para permanecer en la casa junto a la muchacha y el profesor. A cambio, la mujer ha aceptado cerrar las puertas de su pensión y ha accedido a las visitas de los chicos a cualquier hora y en cualquier momento.

Además, Felipe, Antonio y Rodrigo han persuadido a su madre para que puedan quedarse con ella o, al menos, a pasar la noche por turnos en una de las camas del salón.

Esto último no gusta en demasía a la enferma:

—Sé que lo hacen porque no se fían de Teo, y en conclusión también dudan de mí y de mis capacidades.

¿Se creen que soy *vyra*[2]? ¿Me toman por una sonsa? —les dice indignada.

Pero al término de las negociaciones todos parecen satisfechos. Ña Antonia convoca a Teodoro y Adela y los pone al corriente de lo acordado.

—Adela, a partir de hoy se cierran las puertas de esta casa a los «huéspedes» —afirma rotundo Antonio, mientras mira a Teodoro—. Y vos, Teo, debés avisar a tus colegas del cierre de la pensión.

El profesor asiente. No le gusta el tono que emplea Antonio con él, pero lo entiende y no dice nada. Además, no en vano el hijo lleva el nombre de su madre: ambos tienen el mismo carácter enérgico y autoritario y ninguno de ellos está dispuesto a ceder.

—Serás el hombre a cargo de la casa. Tenés que proteger a una enferma y a una *kuña porã*[3] —dice Rodrigo sin mirar a Adelita que se ha sonrojado hasta las orejas, lo que ha provocado ciertas risitas entre el resto de los allí presentes.

La intervención del benjamín de la familia distiende un poco el tono serio y opresivo que está tomando ese encuentro. La señora Antonia aprovecha para pedirle a Adelita que traiga un poco de limonada y unas chipas antes de que sus muchachos se vayan.

Mientras la joven marcha a la cocina a preparar la comanda, Felipe, más calmado, continúa hablando con Teodoro sobre las disposiciones a seguir.

---

2   En guaraní, «crédula, inocente».
3   En guaraní, «mujer hermosa».

—Como no tenés un celular, mañana te acerco uno. Debés estar en permanencia localizable para nosotros, Teo, porque te confiamos lo más sagrado para los tres: la salud de nuestra mamá.

El joven profesor asiente. Sabe la responsabilidad de la que lo han investido y le agrada convertirse en «cuidador» a tiempo completo, sobre todo con el beneplácito de los tres hermanos. La señora Antonia ha contado a sus hijos que él le está enseñando a leer y escribir, y eso es lo que ha determinado que la balanza se incline a su favor. Los chicos ahora miran a Teodoro de otra manera y él los siente algo más aliviados, dentro de lo que es la extraña situación.

★★★★★

Después de aquella ajetreada reunión, la vida en la casa comienza a adecuarse a las nuevas circunstancias.

Los días se acomodan a la rítmica cadencia de las horas dedicadas a la lectura, que suelen ser casi siempre por la tarde, antes de la merienda. Por las mañanas, después del aseo personal y el desayuno, a la señora Antonia le gusta sentarse a ver la televisión. Los programas matinales son de lo más variados, desde noticieros, hasta espacios de cocina, pasando por entrevistas y actuaciones musicales. La mujer enciende el receptor y, al poco de empezar a ver alguna emisión, se queda dormida en el sillón.

Teodoro aprovecha esas pequeñas siestas para salir a pasear. A veces va al cementerio, a visitar la tumba de Margarita. Otras, simplemente camina sin rumbo fijo. Ña

Antonia, durante sus ausencias, se queda bajo la supervisión de Adelita.

Los chicos se acercan a la casa después de la cena, cuando los tres habitantes se disponen a dormir. Llevan un estricto y riguroso orden de turnos para pasar las noches. Cuando es Rodrigo quien tiene que venir, la vivienda anda alborotada: la alumna y el profesor esperan curiosos su llegada y se sonríen cuando el joven aparece y Adelita surge de la nada. La muchacha luce más linda en esas ocasiones, con su trenza bien peinada, y su habitual perfume a frangipani se acentúa más, llegando a precederla, lo que anuncia su presencia.

Esas noches Teodoro y ña Antonia acostumbran a salir antes a la galería y a marcharse a dormir más tarde también. Se acomodan en sus respectivos sitios y observan cómo la joven se esmera en recoger la cocina y en dejarla impoluta para después extender un mantel almidonado y servir la mesa que siempre adorna con alguna flor. Entonces se afana entre cacerolas y pucheros, preparando algún manjar solo para el paladar de Rodrigo, como si lo que ellos hubiesen cenado no estuviese a la altura de tan ilustre convidado.

Cuando el menor de los hijos llega, lo primero que hace es ir a ver a su madre, con la que conversa un rato. Después, charla con Teodoro, que le comenta, como a los otros hermanos, cómo ha ido el día y si ha habido algo significativo que compartir. Por último, entra en la cocina y se sienta a cenar. Adela le habla un poco y después hace ademán de marchar a su cuarto, «es tarde y debés estar cansado», le dice. Y él siempre le pide que se quede, que no le gusta cenar solo. Entonces ella se vuelve a sentar y los dos conversan durante la cena y en la sobremesa, hasta que la señora Antonia y su profesor entran para irse a dormir. Esa es la señal para que todos vayan a sus respectivos lugares de descanso.

★★★★★

Mientras los días se suceden sin cambio aparente en el interior de la casa, fuera la vida continúa imparable en su vertiginoso discurrir, donde las horas se llenan de sucesos, de cambios, de historias. Teodoro siente que cada vez que sale de aquella casona el mundo lo atropella, como si él anduviese desfasado con respecto al tiempo. A veces, incluso, meditando en esas y otras cosas, no se da cuenta de que ha llegado ante la tumba de Margarita o que está sentado en un banco de la plaza Infante Rivarola, acompañado de palomas, o que, sin querer, ha entrado en uno de los centros comerciales, de los que huye, y se encuentra rodeado de gente, que ni siquiera lo ve y que pasea junto a él entre los comercios.

Esa mañana sus pasos han querido dirigirlo a la cárcel del Buen Pastor. Teodoro aún recuerda su primer intento de ver a Elisa, hace ya algunos meses; hoy no tenía planteado marchar a ver a la que aún es su esposa, pero, quizá su subconsciente lo haya conducido hacia la prisión a sabiendas de que es día de visitas. De pronto levanta los ojos y ve que se encuentra en Mariscal López, frente a la puerta del presidio. Si cruza la calle estará con sus antiguos correligionarios. Se gira para dejarlos a su espalda y se mezcla entre los pocos transeúntes que circulan por la acera para que sus excolegas no lo vean, hasta que alcanza la entrada del lugar.

Al llegar allí, hace, como la otra vez, todos los trámites para poder ver a la presa: entrega su documento y da el nombre de la mujer a la que va a visitar.

Cuando le avisan para conducirlo hacia el interior, al patio que se habilita para estas ocasiones, las piernas se le tensan en un acto reflejo, y lo ponen en pie, haciéndole abandonar el lugar en el que se ha sentado. La trabajadora del presidio, al verlo, lo llama con un gesto de la mano, que indica que se acerque, que va a pasar a la zona donde Elisa está esperando. Su corazón se embala. Por un momento cree que se ahogará por falta de oxígeno, de lo rápido que bombea la sangre. Un sudor frío recorre su cuerpo. Toma aire, varias veces, soltándolo despacio por la boca. Unos pasos más y estará ante su mujer, la madre de Margarita.

Nada más llegar junto a la verja la ve: está sentada a una mesa, vestida con camisa clara y pantalón vaquero. Lo mira. En sus ojos azules, como los de su hija, no puede leerse lo que piensa de esta visita, lo que espera de él o lo que ella querrá al acudir.

Teodoro toma asiento frente a ella.

—Hola, Teo.

El hombre hace un gesto de asentimiento con la cabeza y baja la mirada.

—Me alegra que por fin hayas venido a verme. —El joven sigue callado sin atreverse a levantar la vista hacia ella—. Te ves bien —continúa diciendo la mujer.

Se remueve en su silla, incómodo. Cierra los ojos y se dice que quizá no ha sido una buena idea. Las palabras de Elisa lo sacan de sus pensamientos.

—Decime, ¿qué hacés ahora…?

Él sigue sin mirarla. Solo piensa en hacerle la pregunta, en lanzársela como un dardo, tal y como la ha arrojado tantas veces contra la invisible diana del muro de la cárcel. Ahora, ante ella, duda.

Permanecen callados los dos durante un rato y el aire entre ellos se vuelve denso de silencio.

—Ni siquiera puedo visitar su tumba… —termina por decir la joven presidiaria con amargura—. Mi Margarita…

—¿Tu Margarita? ¿Tu Margarita? ¡Vos no podés ni nombrarla! —la interrumpe Teodoro a gritos mientras se levanta.

Una de las funcionarias se acerca a él con intención de contenerlo. Él mueve la cabeza afirmando y alza los brazos, mientras se sienta de nuevo.

Necesita un momento para apaciguarse. Con la mirada clavada en la mesa ante ellos, busca la manera de preguntar lo que ha venido a saber para terminar lo antes posible y alejarse de ese sitio y, sobre todo, de ella.

—¿Qué clase de madre hace lo que hiciste vos?

La mira, pero no puede fijar sus ojos en los de ella, tan parecidos a los de su hija.

—¿Cómo podés dormir cada noche?, ¿respirar cada día?… ¿Cómo podés vivir?

Elisa se retuerce las manos mientras escucha.

—¿Qué querés de mí, Teo? —le pregunta balbuceando.

El joven la observa con una mirada dura. Respira y le dice:

—Quiero saber ¿por qué? —vuelve a tomar aire y de nuevo pregunta—: ¿por qué, Elisa?

Nada más pronunciar esas palabras ve como una enorme mancha negra saliendo de su boca y que, poco a poco, se esparce por el suelo de aquel patio. El vertido se va agrandando hasta alcanzar la mesa que se interpone entre ambos y cubrir igualmente las sillas en las que ellos están sentados, para después envolver a la mujer en una oscura marea ponzoñosa.

Después, siente un doloroso vacío en las entrañas.

—Yo te amaba, Teo —dice Elisa en un hilo de voz—. Aún te amo…

La mujer se calla y baja la cabeza. La negrura de la pregunta sigue ahí, flotando en el ambiente.

—No te quise engañar, yo…

—Eso, ahora, no importa —responde cortante Teodoro—. No vine acá para hablar de lo que hubo entre nosotros. Vine para saber… ¿Por qué lo hiciste, Elisa?… ¿Por qué?

Pronuncia esa última frase casi sin aliento, pero con rabia, apretando los puños. Siente como si la brea que ha expulsado con esa pregunta que tenía clavada en su interior intentase de nuevo introducirse en su garganta.

—¿Por qué te la llevaste? —añade en un hilo de voz al borde del llanto—. ¿Por qué?

Las lágrimas anegan su boca.

—Yo… creí que te perdía, Teo, me volví loca…. Precisaba hablarle… No lo sé, Teo, yo tampoco sé por qué —responde Elisa con un hilo de voz, consumida su habla por la oscuridad que la rodea.

—¿Para hablarle? ¿Qué tan importante era lo que tenías que decirle, Elisa, que no pudiste esperar, que tuviste que arrastrar a nuestra hija en tu encuentro? —interroga a gritos Teodoro, llevándose la subsiguiente amonestación de la funcionaria que le advierte que otro desacato más y lo pone de patitas en la calle.

Teodoro se calma instantes después y vuelve sus ojos hacia la mujer quien, a su vez, baja la vista hacia la mesa.

—Quise llevármela conmigo para no dejártela —le dice bajito, casi en un susurro—, para que, a tu vuelta, si es que volvías, te sintieses solo como tantas veces me sentí yo. No sabía qué hacer, él me había pedido que te dejase, que me marchase con él, pero yo no lo quería, te amaba a ti, aún te amo… Después de nuestra pelea, ya no me dejaste otra opción…

Elisa alza los ojos hacia su marido y añade:

—Porque vos solo tenías ojos para la niña…

—Estás enferma, Elisa. —Y niega con la cabeza a la vez que cierra los puños hasta clavarse las uñas en la palma de la mano.

Casi en un llanto se dice a sí mismo lo suficientemente alto como para que la rea pueda oírlo:

—Nunca debí marcharme y dejarte con ella, ¡nunca! Esa siempre será mi pena.

La negra mancha se introduce en sus palabras, bloqueando su faringe. Respira hondo, mira a Elisa, sus ojos se endurecen aún más.

Mantiene la mirada clavada en ella durante unos segundos, sin perdón.

—Ojalá hubieses muerto vos, Elisa.

—¡Ojalá! —repite la mujer derrotada, hundiéndose un poco más en la silla—. Daría cualquier cosa por retroceder en el tiempo y cambiarlo todo… Pero no puedo y esa será mi pena y… mi fin.

Elisa llora ahora de forma casi compulsiva. Entre sollozos masculla:

—La culpa es una carga demasiado pesada y… ahoga.

El hombre se fija en ella y la ve realmente por primera vez desde que ha entrado. La siente pequeña ahí sentada. Una cicatriz atraviesa su rostro, como si la muerte la hubiese marcado. Está desaliñada, encogida. No encuentra nada de la Elisa provocadora y alegre que encandilaba a todo aquel que la miraba. Frente a él, no hay más que un ser torturado y marchito, como un árbol sin raíz que espera el momento en que será cortado para convertirse en leña.

Se levanta y se va. No le dice nada más, ni siquiera se despide. Ella tampoco hace ademán de retenerlo. Sabe que sus vidas nunca más volverán a cruzarse. La mira una última vez, desde la puerta, y la ve zozobrar en la negruzca mancha que se queda envolviéndola como un sudario viscoso del que ya no se podrá liberar.

★★★★★

Al salir de la cárcel, no se siente mejor. Se va directamente a la casa de la señora Antonia. De camino, va repasando la conversación con su esposa: nunca tendrá una respuesta satisfactoria porque, para él, no la hay.

—Quien no perdona no tiene paz. —Recuerda parte de un diálogo con ña Antonia, en uno de esos tererés a la luz de las estrellas.

—Hay cosas que no se pueden perdonar, señora.

—Bueno, el perdón es algo personal, Teo. Vos decidís si lo das o no.

—¿Cómo hacerlo? ¡Decime! ¡Ella la mató!

—Lo sé, Teo, lo sé. Pero pensá, ¿a quién no podés perdonar?, ¿a Elisa?, ¿a vos?

Se encamina con paso firme y decidido hacia su destino: desea ver a la mujer. Quiere replicarle a esa pregunta que, en ese momento, quedó en el aire. Busca desahogarse y, quizá, recibir una absolución: el perdón que él mismo se niega a concederse.

Aún es temprano, las agujas del reloj todavía no llegan al mediodía. Es una de esas mañanas frescas, de las pocas que disfrutan los asuncenos a lo largo del año. Teodoro camina veloz, casi a la carrera, por lo que no siente el aire frío que golpea su cuerpo. En pocos metros llegará a su destino. Gira hacia la derecha, ya ve el portón de la vieja casona. Un hombre sale de ella, acompañado de Adelita. No puede ver quién es, «alguno de los hijos», se dice. La chica se despide y se va hacia dentro. El desconocido se voltea para entrar en un auto y Teodoro ve que es el médico. Su corazón se acelera. Comienza a correr los escasos cuarenta metros que le quedan para alcanzarlo, pero el hombre ya se ha deslizado dentro y arrancado el coche. Para cuando llega, ya se ha marchado.

Entra asustado. Encuentra a la chica en la cocina.

—Adela, ¿qué pasó? ¿La señora está bien?

—¡Ay, señor Teodoro! ¡Qué susto pasé! Me fui a llevarle un té de manzanilla y me la encontré desmayada en el piso.

—¿Por qué no me avisaste, Adela?

—¡Pero te llamé, señor! Y me daba mensaje de que el celular estaba sin señal. —Teodoro mira el teléfono. Recuerda que le hicieron apagar el móvil para entrar en la cárcel, y después se ha olvidado encenderlo de nuevo—. Luego di aviso al doctor, que vino enseguida, gracias a Dios que vive a tres cuadras y que quiere mucho a la señora…

—¿Y qué dijo el médico?

La joven menea la cabeza con tristeza.

—Pues lo mismo que la última vez. Le recetó otras pastillas más… ¡pobre señora!

—¿Está en la cama ahora?

—No, se sentó en uno de los silloncitos de su pieza.

Teodoro va directo a verla. La puerta de la habitación de la mujer está entreabierta y golpea antes de entrar.

—Pasá, Adelita —responde ña Antonia—. ¡Ah, sos vos, Teo! —dice al darse cuenta de que es su profesor quien viene—. Pronto volviste hoy, ni siquiera es mediodía —añade mirando el reloj de pared que tiene colgado sobre uno de los muros—. ¿Qué pasó que traés esa cara de susto?

El hombre se sienta en el sillón que hay casi enfrente. La mira. Se la ve cansada. Ella sonríe y le devuelve una mirada tranquila, como si no hubiese pasado nada.

—Decime, Teo, ¿qué te atemorizó tanto?

Él desvía la cabeza hacia la ventana. No quiere que vea en sus ojos su preocupación por ella, el miedo que tiene de que la muerte se la arrebate y que lo deje de nuevo a merced de su soledad. Vuelve a observarla. Se la ve en paz, sonriente.

—Estoy bien, Teo, solo fue… un desvanecimiento, nomás —le dice la mujer buscando tranquilizarlo.

Él sacude la cabeza de forma afirmativa. Pero en sus ojos aún se puede leer el miedo.

—¿A qué le temés, entonces? —le pregunta de nuevo.

La señora Antonia lo mira casi con ternura.

—No sé… —miente el joven.

La enferma sonríe; su amigo miente mal.

—Estoy bien, Teo. No me pasa nada, de verdad.

—¿Y si no es así, ña Antonia? ¿Y si…?

—¿Y si qué? ¿Y si me muero? —dice con ligereza—. ¡Dejate de tonterías, Teo, que no me voy a morir!

El joven hace un amago de sonrisa porque quiere tranquilizar a su acompañante y, sobre todo, porque busca calmarse a sí mismo.

—Pero… si así fuera —prosigue la mujer—, la muerte es parte de la vida y no voy a luchar contra ella, cuando llega, llega, y vos no podés hacer más que aceptar.

Ña Antonia se calla. Observa a su profesor unos instantes. El joven parece algo más sosegado.

—¿Y vos, Teo? ¿Le tenés miedo?

Su amigo la mira fijamente a los ojos.

—No sé si es a ella a la que temés… —continúa diciendo la mujer.

Teodoro baja la mirada y sonríe de medio lado. Sopesa sus palabras y comenta:

—No, no le tengo miedo.

—¿Y a qué temés, entonces?

—Me asusta volver a sufrir. —Levanta de nuevo la vista para mirar a la mujer—. Volver a estar solo.

—Pero el sufrimiento no se puede evitar, Teo. La soledad sí, aunque solamente a veces.

La señora Antonia enmudece por un momento.

—A lo mejor lo que me da miedo es vivir… —añade Teodoro casi en un susurro.

Los dos se callan y se quedan un momento así, mirándose.

—Solo debés decidir cómo continuar —le dice ña Antonia.

—No sé hacerlo.

—Encontrarás el camino, Teo, ya verás. Es una cuestión de tiempo. —Se coloca en el sillón, cierra los ojos un instante y después vuelve a abrirlos, para mirar a su compañero—. Sabés que te aprecio como a un hijo, solo quiero lo mejor para vos. Y me gusta que estés acá, conmigo.

Teodoro levanta la vista con cierta ternura hacia su interlocutora. Ve que la mujer lo está observando otra vez con esa mirada perdida que tanto usa con él, más estos últimos días.

—Señora Antonia… —le dice apretando su mano.

Pero ella sigue en su letargia, traspuesta.

—Ña Antonia… —repite su acompañante comenzando a asustarse.

La mujer fija los ojos en Teodoro de manera desafiante, como si aceptase un reto.

—Hubo una vez un hombre… —dice mirándolo. Su interlocutor acierta a ver un brillo nuevo en sus pupilas—. Vos me lo recordás tanto, Teo… Él quiere que te cuente… —Sonríe—. Yo quiero contarte, amigo mío, quiero hacerlo… Pero hoy ya no, hoy preciso descansar…

Y levantándose del sillón, le pide a Teodoro que la acompañe hasta la cama para poder tumbarse y reposar.

Después de dejarla bien instalada, el joven sale de la habitación rumbo a la galería. Se asoma por la puerta antes de salir y allí ve al colibrí noctámbulo que, de flor en flor, revolotea llenando el aire de irisados colores con sus alas.

★★★★★

La señora Antonia pasa ese día en la cama. Teodoro informa a los hijos de lo ocurrido y Felipe, el mayor, se acerca a la casa. Le ponen al tanto de la situación y del informe del médico. Después, el joven entra a ver a su madre. La mujer duerme tranquila, como si nada hubiese ocurrido. Felipe se sienta en uno de los sillones de la habitación y se queda un par de horas con ella.

Pasado ese tiempo, sale del cuarto y busca al profesor.

—Teo, debo ocuparme de algo urgente. Veo que mamá está bien, pero si hay algún cambio avisame, por favor, ¿sí?

—Ni te preocupes, Felipe. Seguro que todo va a ir bien. En cuanto despierte te llamo.

El primogénito se despide de Adela y del profesor y se marcha al trabajo.

Mientras la mujer duerme, la muchacha se ocupa de la cocina y de otros quehaceres de la casa; Teo la ayuda y, de cuando en cuando, se asoma a la pieza de la señora Antonia para verificar que aún duerme. Oírla inspirar o expirar relajada, lo tranquiliza.

Cuando llega la noche, el hombre se prepara para pasarla en el sillón donde esa misma mañana ha tenido ese principio de confesión de la dueña de la casa. La mira dormida. Intenta imaginarla joven, sin esas hebras blancas que recorren su melena castaña. Sabe que ha sido muy atractiva, aún lo es. Calcula que tendrá unos cincuenta y pocos. Le sobrecoge pensar que todavía podría vivir mucho más, pero su corazón ya no aguanta. «¿Cómo hace para estar tan serena? Porque no solo lo parece, en realidad lo está. Asume la muerte con entereza, sin anhelos. ¿Cuál es su secreto?», se cuestiona mientras la observa.

Como si hubiese intuido su presencia, la señora Antonia abre los ojos. Gira un poco la cabeza y se tropieza con la mirada insistente de Teodoro. Sonríe y este baja la vista al sentirse descubierto en su curiosidad.

—¿Seguís aquí? ¿Cuánto tiempo hace que duermo?

—Dormiste todo el día, ña Antonia.

—¡No digas, Teo! Me pareció un suspiro…

—Lo necesitabas. ¿Estás mejor ahora?

—Sí, mucho mejor.

Se sienta en la cama y se ríe.

—¿Podés creer que tengo hambre?

Teodoro se alegra. Se levanta y se dirige a la cocina para calentar algo de la cena. Adelita ha preparado chupín de pescado.

Cuando termina, acomoda todo en una bandeja y va a la habitación. Se encuentra a la enferma sentada en el sillón, frente a la mesa camilla que hay en la pieza.

—Ña Antonia, tenías que haberme esperado…

—Nambré, Teo, dejate de cháchara, que tengo hambre. Acercame esa bandeja… ¡Qué rico huele el surubí!

El profesor deja la comida delante de ella, sobre la mesa, y marcha a buscar una jarra de agua. A su vuelta, la ve comiendo con gran apetito. Un rubor colorea sus, hasta ese momento, pálidas mejillas.

—Voy a avisar a Felipe de que estás mejor. Están los tres muy preocupados.

—¿Estuvo Felipe acá?

—Sí, vino en cuanto lo llamé.

—Dale, decile, sí. No quiero que se angustien por mí.

Y sigue comiendo mientras Teodoro informa a los hijos del estado de salud de su madre.

★★★★★

Después de la cena, la mujer se siente con una fuerza renovada. Le pide a su acompañante que salgan un rato a la galería. La noche es fresca, pero agradable. El profesor le propone un té de tilo o de manzanilla; la temperatura ya no da para el refrescante tereré. La deja instalada en su sitio habitual y se va a la cocina a preparar sendos pocillos de infusión.

Al volver, toma asiento bajo la lamparita. La dueña de la casa no lo mira; parece absorta en sus pensamientos. Teodoro dirige los ojos hacia la taza a la que se aferra con ambas manos. Después, levanta la vista hacia la mujer y le pregunta:

—¿Te encontrás mejor, ña Antonia?

Ella se gira, lo mira con dulzura, le sonríe y le contesta que sí, agitando su cabeza en un gesto afirmativo.

—Andaba pensando… —le dice ella mientras se inclina como si estuviese sopesando las palabras— que quizá podés ayudarme a leer la carta.

Teodoro se sorprende. No sabe quién es el remitente de la misma, a pesar de tener sus propias teorías, pero le violenta pensar en inmiscuirse en la vida privada de la señora Antonia, aunque sea ella misma la que se lo pida.

La mujer observa a su profesor todo sonrojado y no puede evitar sonreír.

—Bueno, lo digo sobre todo porque no sé si podré hacerlo yo sola, sin ayuda…

—Seguro que podés.

—Es que no sé si seré capaz…

—Ña Antonia, creo que temés más enfrentar lo que hay escrito en esa carta que tu posible fracaso al leerla —le dice el profesor siendo él, esta vez, quien utiliza un tono condescendiente.

La mujer suelta una carcajada.

—¡Pendejo! —le responde.

Los dos comienzan a reír. Después de las risas, la dueña de la casa mira a su acompañante y le dice:

—Entiendo, Teo, no sabés nada de quién la escribió y temés encontrar cosas que… bueno, que resulten inconvenientes…

El hombre vuelve a ruborizarse, arrancando de nuevo una sonrisa a la señora Antonia, quien desvía la cabeza hacia las buganvillas y pasea sus ojos sobre las flores. Teodoro la observa mientras ella recorre las plantas con su mirada y le sobresalta oírla hablar.

—Hubo una vez un hombre al que amé.

—¿Es él quien te escribió la carta? —pregunta el joven profesor después de unos segundos de silencio.

—Sí, Teo. Él me la escribió. Lucas, se llamaba. —La mujer le dirige su mirada a la vez que responde. Luego sus ojos se entrecierran, probablemente para evocar mejor aquellos recuerdos que parecen ser dulces y muy lejanos—. Era vendedor de libros. Los cargaba en una vieja valija que arrastraba por todo el Paraguay, y con la que viajaba a los lugares más escondidos del país.

Ña Antonia se queda un momento en silencio con la mirada perdida sobre su regazo. Teodoro teme que la mujer se gire y comience a mirarlo de esa manera extraña que él no comprende. Contiene la respiración porque sabe que, si hace eso, ya no continuará con su relato.

Al cabo de un interminable silencio, la señora levanta los ojos, clava su mirada en la de su interlocutor de manera directa y prosigue su narración.

—Yo apenas tenía diecisiete años cuando Lucas llegó a mi pueblo. Papá acababa de comprometerme con el que luego fue mi marido; pero yo no lo amaba, nunca lo amé.

Vuelve a callarse. Su acompañante siente que le está costando mucho hablar de su pasado que, posiblemente, sea una de las pocas personas con las que ña Antonia se sincera. Por eso no la interrumpe y aguarda en silencio lo que ella le quiera contar.

—Lucas no tenía nada, solo una maleta desgastada repleta de novelas y relatos.

De nuevo se interrumpe, gira la cabeza hacia otro lado, quizá en busca de privacidad para seguir adentrándose en el interior de su alma.

—Llegó al pueblo ofreciendo sus libros casa por casa. Como era de esperar, papá lo largó, pero yo salí curiosa tras él.

El silencio de ña Antonia hace que el mínimo ruido del patio se oiga con más intensidad. Teodoro no deja de mirar a su interlocutora, a la que ve cerrar de nuevo los ojos y sonreír a la vez. Entonces la imagina convertida en una muchachita de diecisiete años, con su larga melena castaña al viento y sus ojos color miel. «Debió de ser una linda muchacha», se dice.

—Me enamoré de él en cuanto empezó a leer —prosigue la señora Antonia abriendo los ojos y retornando de su ensoñación—. Me gustaba oír de su boca esas historias de lugares lejanos, tan diferentes a lo que yo conocía… Me hacía volar a aquellos sitios, sentir lo mismo que sentían los personajes de sus libros. Me sacaba de mi realidad.

La mujer hace una brevísima pausa.

—Nos veíamos en secreto, antes de ponerse el sol. Yo me reunía con él junto al arroyo. Me sentaba a esperarlo. Cuando llegaba con su libro en la mano, se ponía junto a mí y aprovechaba los últimos rayos para comenzar a leer. Yo miraba cada movimiento de sus dedos, de sus ojos, de sus labios… Sabía que, en cuanto se hiciera oscuro, estaríamos sobre el pasto fresco en los brazos del otro.

La señora Antonia se gira de nuevo hacia su acompañante. Tropieza con la mirada, quizá un tanto insistente de su joven amigo y un rubor sube a sus mejillas. Baja la vista otra vez, sonríe con cierta tristeza y continúa hablando.

—Después de unos días se marchó. Nunca volvió. Tampoco lo esperé. A los tres meses de su partida, me casé con el hombre que papá acordó.

Ña Antonia vuelve a mirar a Teodoro que la observa interrogante. La mujer se remueve un poco en su asiento.

—Ya conocés mi vida —dice a modo de conclusión, con cierta timidez, quizá pudor—. El resto, lo sabés: me casé, mi marido murió agarrado a la botella y me vine a Asunción con los chicos y acá me quedé.

Se la ve cansada. Cierra los ojos y respira profundamente. Teodoro la observa mover una mano delante de su cara, como espantando un pensamiento.

—¿Por qué no quisiste aprender a leer hasta ahora? —le pregunta Teodoro.

Ña Antonia abre los ojos y sonríe.

—Solo a vos se te ocurre preguntar eso…

El joven profesor también esboza una sonrisa. Con esa pregunta buscaba atarla al presente, a la conversación con él, pero la réplica de ella le demuestra que sí, que está ahí, sin lugar a dudas. Aun así, espera una contestación. Ella ladea la cabeza como analizando la posible respuesta.

—Lo que los libros decían no era tan importante para mí… —Se calla un instante, probablemente tanteando las frases—. Lo que de verdad me atraía era cómo los leía Lucas: el movimiento de sus labios al pronunciar las palabras, el ir y venir de sus pupilas sobre las hojas, la suavidad con que sus manos pasaban de página, el sonido de su voz… Me hacía sentir que estaba en aquellas historias, que yo las vivía. Al igual que me hacía desear ser uno de esos libros sobre sus rodillas, que me mirara así, que me tocara con esa delicadeza, que me susurrara al oído… —Suspira—. Nunca había conocido antes alguien como él. Esos días con Lucas, esas lecturas, me hicieron sentir otra persona, alguien que nunca más volví a ser.

Permanece en silencio unos instantes y poco después añade:

—Por eso, cuando él se marchó, no busqué aprender.

—Sí, pero ahora… —dice Teodoro confuso.

—Querido Teo, ahora mis motivos son otros…

Su interlocutor la mira y recuerda.

—La carta, ya…

—Sí. La carta —contesta ella.

La señora Antonia se calla y desvía la mirada hacia la ventana. Se diría que no fuese a seguir con la historia que ha comenzado.

—Entonces, nunca más volvieron a verse, ¿es eso?

Teodoro siente que invade los pensamientos de su compañera con su curiosidad. Sin embargo, tras esta confesión, quiere mantenerla a su lado en la galería, impedirle que se diluya en sus recuerdos.

—Sí, Teo, nos volvimos a encontrar —le responde sin ni siquiera mirarlo.

—¿Y dónde está, entonces? —pregunta, asombrado.

Ña Antonia se gira para devolverle la mirada. Parece que lo observa como nunca antes lo ha hecho. Sonríe con tristeza y, al cabo de un momento, que su interlocutor siente larguísimo, le contesta:

—Hace menos de dos años, un día que iba al mercado cuatro, lo vi: Lucas rebuscaba en la basura.

La expresión de Teodoro debe de ser bastante sorprendente porque la mujer está a punto de soltar una carcajada. En vez de eso, se ríe para sí misma y baja la cabeza.

—Al principio no lo identifiqué. Después oí su voz y enseguida supe que era él.

Su voz parece quebrarse por un instante.

—Me lo llevé a casa, Teo. Estaba enfermo y casi ciego. Se quedó conmigo dos meses. Durante ese tiempo no me reconoció. Le había contado que tenía una pensión para los más desfavorecidos y él se dejó llevar. La verdad es que la pensión no existía en esos momentos, fue lo que se me ocurrió para convencerlo. Imagino que estaba cansado de vivir en la calle y aceptó sin mucho reparo. Con el bueno de Lorenzo, que le prodigó todos los cuidados que pudo, nos ocupamos de él. En ese corto período me contó historias, de los libros o de su vida, lo cierto es que confundía la realidad y la ficción, pero me las relataba igual que me las leía cuando nos conocimos.

Ña Antonia se calla de nuevo, su mentón tiembla, como si fuese a llorar. Después, remueve la cabeza y dice:

—Tras su muerte, Lorenzo me dio la carta. Me contó que Lucas se la había confiado poco antes de fallecer con el ruego de que me la entregara una vez…, bueno, ya sabés. Me explicó que esa carta la había escrito hacía años, mucho antes de perder la visión, y que la llevaba siempre con él, con la esperanza de que algún día, alguien se la entregase a quien le estaba dirigida.

Teodoro no oculta su sorpresa. Mil preguntas asaltan su mente, pero se contiene, aunque solo por unos segundos.

—¿Y tus hijos? ¿No dijeron nada? Digo, en ese tiempo que vivió con vos.

De nuevo, la señora Antonia le dirige esa sonrisa indulgente que tanto usa para con su acompañante.

—No. Les dije que no quería que vinieran a casa por un tiempo, que tenía una visita hospedada y que yo los llamaría en caso de necesidad.

La mujer guarda silencio. Toma su taza y sorbe un poco de té.

—Y… si no te reconoció, ¿cómo supo después que esa carta escrita hace tanto tiempo era para vos? Eso quiere decir que sí supo quién sos —deduce el joven profesor.

Ella baja los ojos hacia su taza. Después, levanta la mirada e inclina la cabeza a la vez que sonríe. Parece que no quiere contestar a esa pregunta y su acompañante no insiste.

El silencio vuelve a invadir el espacio entre los dos. Tanto la señora Antonia como Teodoro se encuentran absortos en sus pensamientos hasta que el joven profesor interrumpe el mutismo de la noche con una pregunta.

—¿Por qué lo hiciste?

—¿El qué?

—¿Llevarlo con vos, acogerlo después de que te abandonó?

De nuevo, la sonrisa condescendiente se dibuja en los labios de la mujer.

—Yo lo amaba —rectifica—: Lo amo.

—¿Y cómo podés amar a alguien que no se quedó con vos?

—Nunca le pedí que se quedase conmigo.

—¿Entonces? No sé, no entiendo.

La señora se toma un tiempo antes de responderle.

—Teo, Lucas me veía a mí, a Antonia, no a la hija, a la esposa o a la madre, sino a la mujer, al ser humano, al alma, al cuerpo. Nos amamos el tiempo que duró, no más.

—Pero no se quedó con vos. No estuvo para luchar por vos, por su amor… —repite incrédulo.

Ña Antonia observa a su interlocutor.

—No —responde contundente—. Lucas no me falló. —Mira a Teodoro e intenta explicarle—. No podés pedir a los otros que te quieran como vos querés que lo hagan o que te den lo que vos necesitás. Yo lo acepté así, al igual que asumí que mi vida tenía que ser la que fue, la que es… Con él fui yo, fui feliz, porque no esperaba nada de mí, ni yo de él. Entendí cuando se fue y me alegré cuando la vida me lo devolvió, sin yo esperarlo.

—Pero entonces, ¿por qué cuando le volviste a ver no le dijiste que eras vos, que eras la mujer que amó en su juventud?

La señora Antonia lo mira y vuelve a sonreír. Teodoro intuye que tampoco quiere contestar a esa pregunta. No insiste, pero su curiosidad le hace interrogar sobre otro asunto.

—¿Y la carta?

—Aún no la abrí. Vos conocés la razón.

El profesor asiente. La última respuesta de la mujer parece dar por terminada la conversación. Ambos se levantan y se dirigen al interior.

Ya en su cama, Teodoro repasa mentalmente toda la historia de la mujer. Está confundido: cuanto más sabe de ña Antonia, menos la entiende. Reconoce que él se habría hundido aún más en las tinieblas que lo rondan sin la luz que aquella mujer ha prendido en su camino, pero le cuesta compartir sus razonamientos.

Sin embargo, mientras que él anda aún en pie de guerra con su entorno, sin saber hacia dónde dirigir sus pasos, y aferrándose a la certeza de un mañana sin esperanzas, la señora Antonia se ve serena, en paz con la vida, consigo misma y con la muerte, a la que espera incluso con un cierto anhelo.

V

El extraño invierno asunceno hace que haya días de casi treinta grados intercalados entre otros más frescos que, incluso, pueden ser extremadamente fríos por la noche. Lo más extraordinario es que todas esas temperaturas se pueden vivir igualmente en una sola jornada.

Los vendedores de la calle Chóferes del Chaco se mueven ahora no solo al ritmo del cambio de luces del semáforo, sino también siguiendo el sube y baja del termómetro. Vestidos con capas de ropas, van quitando o añadiendo prendas en función de la variación del clima: por las mañanas, cuando el sol apenas se deja entrever, llevan todo lo que pueden, cubriéndose para preservar la calidez robada a la cama. A medida que el astro solar sube en altura, el calor va ganando terreno y se van aligerando en su vestimenta. Pero al comenzar la puesta de sol, el frío se adueña de la ciudad barriéndola, a veces, con un aire glacial procedente del sur, que no se combate ni con todas las prendas que lleguen a ponerse. En esos momentos, casi todos abandonan la calle y buscan refugio en las casas o en los locales habituales.

Teodoro no ha regresado por allí desde su última visita a la cárcel.

Lo más cerca que pasa es cuando va al cementerio, a la tumba de Margarita. Pero nunca llega a ver a sus antiguos colegas. Tampoco ha vuelto a la prisión. Sus jornadas están adecuadas a las necesidades de la señora Antonia. Convertido en su cuidador personal, intenta separarse lo menos posible de la mujer, por miedo a que se desmaye, como ya ha ocurrido en otras ocasiones, pero, sobre todo, porque no quiere perderse ninguna de sus conversaciones con ella.

En estos últimos tiempos, se ha acostumbrado a esas veladas a dos entre tisanas, lecturas y charlas. Teodoro ansía esos encuentros porque le proporcionan una sensación de paz, de tregua consigo mismo y con el universo. Es ese lugar: ese hogar fortuito, esa familia improvisada, los que le hacen sentirse así. Por esta razón, estos días piensa más en su infancia y en su madre. Se acuerda de ella, de su perfume a rosas cada vez que lo abrazaba y del arrullo de su voz cuando le leía por las noches.

El pequeño ritual de salir a la galería que tanto anhela ha sufrido una modificación, consecuencia del clima: los días más frescos se quedan en la salita de estar, con la vieja estufa encendida. Cada uno tiene su lugar asignado, como en el patio, y él continúa con su lectura interminable. La señora Antonia sigue viendo lo que él llama su «fantasma», porque las ausencias de la mujer persisten con la misma frecuencia, aunque a veces parecen más controladas.

La dueña de la casa no ha vuelto a evocar nada de su vida pasada. Su profesor tampoco ha preguntado más. Las clases de lectura prosiguen su curso y su alumna ya puede leer con bastante soltura frases y párrafos por sí sola. Teodoro cree que ya está preparada para poder leer la carta, pero no se atreve a decírselo porque no quiere remover el asunto por miedo a que le vuelva a pedir que lo haga con ella.

★★★★★

Hoy es el turno de Rodrigo. La joven Adela aparece perfumada y coqueta en la cocina minutos antes de la llegada del hijo menor. La señora Antonia y Teodoro se miran cómplices a la vez que ocultan la sonrisa que aflora a sus labios.

Esa tarde-noche no hace frío. La temperatura es extrañamente agradable, como la de una primavera adelantada. Cuando el joven aparece, saluda a su madre, conversa un rato con ella, va después a ver a Teodoro, quien le pone al tanto de las novedades y, por último, se dirige a Adelita. La muchacha le pregunta si ha cenado, como todas las veces que lo ve, y Rodrigo le contesta que no, que está deseando probar la delicia culinaria que le ha preparado hoy.

—¡Ay, señor Rodrigo, cómo eres! —le dice con una risita nerviosa que indica a la madre y al profesor que es hora de marcharse para dejar a los tortolitos solos.

La dueña de la casa propone a su acompañante salir a la galería porque, según le dice, «echa en falta sentarse bajo las plantas a la pálida luz de la lamparita». Teodoro prepara todo para llevarlo a su lugar habitual. Cuando llega, oye a la mujer murmurar, como si estuviese con alguien. Piensa que tal vez habla por teléfono con alguno de sus hijos, pero al aproximarse, ve que tiene el celular apagado sobre la mesita a su lado.

—Pronto, querido, muy pronto… Sí, seguro que antes lo haré…

—Ña Antonia, ¿qué decís?

—Teo… vení a sentarte.

Ella le dedica una de sus tiernas sonrisas indulgentes mientras él toma asiento en su lugar de siempre.

—La noche está buena hoy, ¿verdad?

El joven la observa y sonríe. Ha entendido su juego para cambiar de tema. Mira hacia el cielo estrellado y cierra los ojos dejándose mecer por la suave brisa perfumada de jazmín.

—Decime, Teo —le interrumpe ña Antonia haciéndole abrir los ojos y mirarla—, ¿qué querías ser de chico?

Él sopesa la respuesta unos instantes.

—Médico.

La señora se echa a reír.

—Enfermero terminaste siendo…

—Más bien cuidador, ña Antonia, que de enfermería no sé un pedo.

Y los dos se ríen esta vez. Los grillos ya no se unen a las risas, el frescor los ha hecho hibernar, pero el colibrí decide aparecer en ese barullo, danzando a su ritmo, con su batir de alas.

Instantes después, cuando ya se han calmado, la mujer mira a su acompañante, y le dice:

—¿Tenés alguna familia?

Es la segunda vez que la señora Antonia le pregunta por su familia. En la primera ocasión, fue la manera que utilizó para introducirle su «petición» de que le enseñase a leer, lo recuerda bien. Ahora, Teodoro, ya no se muestra tan receloso como antes y no le importa tratar de esos asuntos.

—No. Éramos solo mamá y yo. Ella era maestra en una pequeña escuela, a lo mejor de ese lado me viene la vocación —dice un poco entristecido por el recuerdo—. Murió cuando yo tenía once años. Después mis abuelos se ocuparon de mí.

—¿Y tu papá?

El hombre se revuelve un poco en su asiento. Nunca le ha gustado hablar de ese tema.

—No lo conocí. Se fue a los pocos meses de mi nacimiento. Mamá jamás hablaba de él, ni mis abuelos. Para todos es como si estuviese muerto, igual para mí.

Ña Antonia baja la mirada. De pronto se la ve triste. Teodoro imagina que lo está por lo que acaba de contarle y no quiere que lo esté por él, mucho menos que le tenga pena o que lo compadezca. Él nunca se sintió mal por ese motivo porque creció rodeado de todo lo que necesitó.

Pero no le dice nada al respecto, tan solo le devuelve la pregunta.

—¿Y vos? Tenés hermanos, ¿verdad?

Teodoro recuerda que ya le había comentado que en su familia ella era la única mujer junto con su madre. La señora Antonia lo mira y sonríe de nuevo, pero se nota que no es con todo su corazón.

—Sí tengo, cuatro hermanos, todos varones. Hace mucho que no sé nada de ellos, desde que dejé mi aldea.

Se calla unos instantes, parece calcular si continuar hablando o no. Segundos más tarde añade:

—Me marché porque me exigieron volver a la casa y compartir con ellos la herencia de mi esposo cuando él murió. Sobre todo, mi papá, que me dijo que él había concertado ese matrimonio y que a él le debía tener plata ahora. Cuando me negué a hacerlo dijo a todo el pueblo que era una ingrata, que me iba con cualquiera, y me prohibió poner un pie en su casa. Por eso me vine a Asunción. Lorenzo me ayudó en aquel entonces… —Su sonrisa se vuelve aún más mortecina—. Juré que mis hijos nunca se comportarían así y dediqué toda mi vida a ellos, a darles la mejor educación, que no les faltase de nada. ¡Crecieron tan rápido!… Y ahora no llego para ver crecer a mis nietos, eso es lo que más me apena.

Es la segunda vez desde que la conoce que Teodoro ve que sus ojos están húmedos, como si unas tímidas lágrimas quisieran salir.

—¿Estás bien, ña Antonia? —le dice con dulzura.

—Tranquilo, Teo, estoy bien.

Levanta la vista hacia las buganvillas y ve al picaflor que revolotea de una a otra.

Después, mira a Teodoro por un largo rato.

—¿Recordás que un día me preguntaste por qué? ¿Por qué hacés lo que hacés?

El hombre asiente haciendo memoria de aquella conversación que supuso el inicio de su interés hacia ella. Le parece que hubiese pasado toda una vida desde ese entonces.

Ña Antonia vuelve a girar la cabeza hacia las flores, el colibrí ya los ha abandonado.

—Bueno, en aquel momento no te conté toda la verdad —empieza a decir la mujer—. Lo que dije es cierto, que quería dedicarme a cuidar de los otros, de los que me pudiesen necesitar. Pero no fue el motivo que me hizo abrir las puertas de mi casa y convertirla en una pensión. —De nuevo duda, inspira y continúa—: La verdadera razón, en realidad, es otra.

Teodoro se queda inmóvil. La señora Antonia no lo mira, contempla las flores que cuelgan en cascada a su lado y sigue hablando.

—Cuando Lucas volvió a mi vida, esos dos meses antes de morir, yo no quise decirle que era la muchachita que conoció hacía casi cuarenta años porque temía que se hubiese olvidado de mí. Yo jamás pude hacerlo, al contrario, lo amaba, siempre lo amé.

La mujer sonríe con tristeza, baja la mirada y respira hondo.

—Al momento de separarnos, yo era una criatura prometida a un hombre mucho mayor que yo, y él… yo sabía que estaba casado y no quería que dejase a su mujer por mí. Nunca se lo habría pedido. Pero sé que nuestro amor fue verdadero, al menos ese puñado de días que duró.

Su interlocutor la observa, atónito. Eso no se lo esperaba.

—Cuando la vida nos reunió de nuevo, entendí muchas cosas.

Enmudece unos instantes. Sigue sin levantar la vista, quizá porque esté sopesando cómo continuar o buscando la mejor manera para expresar lo que quiere contarle.

—Tras ese tiempo juntos, después de que Lucas falleció, por un momento me sentí confundida, no encontraba sentido a nada: no podía regresar a la vida que tuve, a la que llevaba antes de volver a estar con él. Estaba vacía, sola, como nunca antes lo había estado.

La mujer hace una breve pausa.

—Fui a la Recoleta, a visitar la tumba de Lucas. Estaba molesta con él, por haberme abandonado. Y molesta conmigo, como si sintiera que no hice todo lo posible por él, por mí, por nosotros. Me encontraba de pie, frente a su lápida, perdida, desorientada, furiosa. Levanté la vista: allá, un poco más adelante, estabas vos, parado ante un sepulcro.

El profesor se sobresalta.

—¡Te parecés tanto a él! Creí estar viéndolo cuando era joven. No pude evitar seguirte; te dirigías a la calle, frente a la cárcel. Por unos minutos te observé ir y venir entre los autos, desfilar con todas las mercaderías colgadas, sin mirar a nadie.

El hombre baja la cabeza, confundido.

—Luego volví al cementerio y busqué la tumba en la que te paraste. Leí su nombre: «Margarita».

Teodoro cierra los ojos.

—Un par de días después mandé a Adelita con empanadas para ustedes. Le pedí que corriera la voz de la pensión, y que se asegurase, por sobre todo, de decírselo al muchacho silencioso de pelo negro y mirada triste. Esa noche te viniste con Nico a casa por primera vez.

La mujer deja de hablar por unos instantes y desvía los ojos hacia Teodoro. Lo ve con la cabeza gacha, como si buscase algo en el suelo. Después se acerca la taza a los labios y bebe un sorbo de su tisana para añadir, casi en un susurro:

—Vos me salvaste, Teo.

Teodoro sigue sin mirarla. No entiende sus palabras, no sabe qué decir. Levanta la vista y tropieza con esas pupilas color miel, con la dulce sonrisa, con esa comisura coqueta que se levanta más del lado izquierdo de su boca.

—¿Qué querés de mí, ña Antonia? Yo no soy Lucas, yo no…

Ella le pone la mano sobre los labios, invitándolo a callar, a la vez que niega con la cabeza.

—Lo sé, Teo, lo sé.

Quita su mano del rostro de su amigo y lo mira fijamente.

—No sos Lucas, lo sé. Él… pudo tenerlo todo… Si hay algo triste es no saber vivir la vida, querido Teo. No pude ayudarlo a él, no pude salvarlo, pero con vos…

Los ojos dorados de la mujer no dejan de mirarlo, hasta que Teodoro baja de nuevo los suyos, indeciso.

—Tenés razón, Teo. Un día me dijiste que el amor es luchar por el ser amado. Yo te respondí que vos no entendés. ¡Qué equivocada estaba! Cuando querés de verdad peleás, batallás y afrontás el miedo: por el amor de un hijo, de un amigo, de una pareja…

El joven vuelve a mirarla. Esta vez es él quien clava sus pupilas verde oliva en los ojos de la enferma.

—Teo, mi amigo querido, mi último compañero. Te quiero como a un hijo y en nombre de ese cariño lucho por vos, y lo hago contra vos. Me recordás a Lucas, pero no sos él. Por eso confío en que sos capaz de continuar sin mí, sin Margarita… —La mujer hace una pequeñísima parada y añade—: Sin esa culpa que arrastrás.

Teodoro baja su rostro de nuevo.

—¿Qué pasó esa noche que tanto te reprochás, Teo?

El profesor se sobresalta. No se espera la pregunta. Recuerda el día que volvía de la prisión, después de visitar a Elisa, y cómo quería sincerarse con la dueña de la casa, recibir su absolución. Ahora, ese sentimiento se presenta lejano. No sabe si será capaz de hablar, de contar.

Mira a la señora Antonia mientras ella observa las flores. Echa en falta el cántico de los grillos, ese sonido que los ha acompañado arrullándolos, como si los insectos también supieran la verdad. Algo en su interior reacciona, le pide escupir su historia, sacarla de una vez por todas. Está cansado, «la culpa es una carga demasiado pesada y ahoga», le había dicho Elisa en esa ocasión. Inspira con fuerza, cierra los ojos, y se transporta a la tarde de la muerte de la niña.

—Elisa me engañaba con otro de los profesores del colegio —comienza rotundo su confesión—. Siempre fue coqueta, pero nunca la creí capaz de llegar a eso. Lo supe el día de… bueno, esa tarde en que todo sucedió.

Ña Antonia lo mira. Lo sigue con sus ojos mientras el hombre continúa hablando.

—Teníamos la reunión de vuelta a clases. Estaba furioso. Elisa volvía del trabajo y la esperé para pedirle explicaciones antes de marchar. Ella no intentó disfrazar las cosas, me dijo que no significó nada, que fue un momento de debilidad, que se dejó llevar, pero que me amaba, que la perdonase, que todo se solucionaría. No quise atender, le reté, y le dije que, después de la reunión, me iría para no volver.

Teodoro hunde la mirada en sus manos. Necesita reunir fuerzas para seguir con su relato.

—Margarita, cuando me iba a marchar, se abalanzó sobre mí… Había oído mi última frase. Lloraba y con sus lágrimas me mojó la mejilla. «Quedate conmigo, papá, no te vayas», no paraba de repetirme. Pero yo no quería escuchar, la ira me cegaba.

El joven profesor levanta la cabeza. Sus ojos, llenos de lágrimas, son ahora de un verde más intenso.

—Me fui, y esa fue la última vez que la vi con vida.

El llanto le toma la voz e impide que siga hablando por unos instantes. Su acompañante lo mira con tristeza, casi ahogando las lágrimas en sus ojos, pero no dice nada, aguarda en silencio.

—En cuanto me marché, Elisa metió a la niña en el auto, a pesar de sus protestas. La convenció con sobornos, entre los que estaba no ponerse el cinto. Por lo que atestiguó en el juicio, andaba como loca. Llovía, el piso era peligroso. Margarita comenzó a protestar, quería volver a casa. Elisa no le hizo caso. La niña siguió quejándose, entonces ella se giró para calmarla. Manejaba rápido y perdió el control por la lluvia. Invadió el carril contrario… La colisión fue terrible. El conductor del otro auto resultó herido y murió una semana después, y Margarita… falleció en el acto.

Respira hondo. Sus labios tiemblan intentando mantener a raya el llanto.

—Creí que el accidente fue porque venía a buscarme, porque quería arreglar las cosas entre nosotros… Después descubrí que se había citado con su amante, que lo suyo nunca terminó. —Teodoro baja la mirada inundada en lágrimas—. Debí quedarme en casa con Margarita o llevarla conmigo…, pero no lo hice, no lo hice, la dejé a merced de una mujer despechada, egoísta, una niña mimada que solo pensaba en ella…

La señora Antonia le toma la mano y se la aprieta con cariño, haciendo que su amigo levante los ojos de nuevo.

Permanecen así durante un buen rato, hasta que la mujer le dice con suavidad.

—Teo, querido, llevame ahora a la cama, creo que necesito descansar.

El joven asiente. Ayuda a la enferma a levantarse y la conduce a su habitación. Cuando la deja bien instalada, lista para dormir, se va a la galería a recoger las tazas, el libro y a apagar la luz. El colibrí, que ha aparecido al poco de marcharse ellos, congela su vuelo ante una buganvilla, de las pocas que se han atrevido a florecer con esas temperaturas.

Teodoro se queda mirando la diminuta ave. El reflejo de la mortecina luz sobre sus plumas hace que luzcan de un color tornasolado. Por un momento la observa absorto introducir el pico entre los pétalos, buscando el dulce y escaso polen. La operación dura fracciones de segundo. Cuando el picaflor se va revoloteando, se acerca al hombre. Escucha el rapidísimo batir de alas del animal, como un zumbido, y una especie de corriente eléctrica recorre su cuerpo: el pecho del pajarillo es de un azul intenso, del mismo color que los ojos de Margarita. Ese es un extraño tono para el plumaje de un colibrí. Lo observa unos segundos más hasta que el ave remonta con sus pequeñas alas y desaparece entre las sombras de la noche.

★★★★★

Mientras duerme, Teodoro no para de ver los iris azulados de su hija, como si el picaflor, con su vuelo, le hubiese dejado el color flotando en el aire para introducirlo en su sueño con cada inhalación, los mira y, por un momento, esos ojos se vuelven color miel. La sonrisa de la señora Antonia se le cuela y barre la imagen de Margarita. Entonces se despierta.

Va a la cocina para beber agua. Mientras está allí, observa el patio vacío y oscuro. Abre la puerta de la galería y se asoma. Hace fresco. Es una noche sin luna. Observa el cielo despejado, sin nubes, y se deja llevar por el silencio.

Está confundido por todo lo que la señora Antonia le ha contado. Confundido, furioso y, hasta cierto punto, engañado. No desea dejarse llevar por esos sentimientos porque la aprecia casi como a una madre, pero esa confesión le hace ver todo bajo un ángulo muy diferente. No quiere pensar ahora, está cansado y necesita dormir.

Algo llama su atención en la oscuridad: como pequeñas gotitas de agua, decenas de mariposas blancas aparecen revoloteando; se posan en las flores para libar y levantan su vuelo con rapidez, tímidas. Ha visto otras veces este mismo fenómeno de mariposas migratorias, pero sabe que no suele ser muy común en esa época del año. Por un momento desea que la señora Antonia pueda estar con él viendo ese espectáculo tan poco usual. Recuerda el sueño que lo ha desvelado y una extraña emoción lo sobrecoge y lo hace estremecer.

Mientras observa el ir y venir de las mariposas en el patio, toma una decisión: al día siguiente le dirá a su amiga que ya está preparada para leer su carta, incluso si eso supone que él tenga que ayudarla. Después bebe su agua y retorna a la cama con paso decidido.

★★★★★

La mañana del siguiente día amanece teñida de gris y lluvia. Teodoro y Adelita están en la cocina desde temprano: ninguno de los dos ha podido descansar bien esa noche, se ve en sus ojos. La muchacha prepara la comida mientras el profesor ayuda en las tareas domésticas. Ambos intentan no hacer ruido para no molestar a la enferma que aún no se ha despertado.

Cerca de mediodía, la mujer se levanta. Ella tampoco ha podido dormir bien. El joven recuerda la lluvia de mariposas blancas y se pregunta si habrá alguna relación científica entre su llegada y el hecho de que ninguno de los habitantes de la casa haya podido descansar adecuadamente, dejando de lado la difícil condición de cada uno de ellos.

La señora Antonia es la que se ve más cansada. Arrastra los pies hasta su alcoba y les dice que hoy no tiene ganas de hacer nada y que prefiere volverse otro poco más a la cama. El profesor la observa en su lento caminar, después dirige sus ojos hacia Adelita; ella le devuelve una mirada de preocupación. La muchacha ayuda a la señora a acomodarse entre las sábanas y sale después cerrando con cuidado la puerta.

—Señor Teo, ña Antonia no se ve bien.

—Lo sé, Adelita. Llamo a sus hijos ya mismo.

—Yo aviso al doctor.

Cada uno se va a hacer las respectivas llamadas. El mayor de los hijos llega a los diez minutos, como si esperase esa comunicación. El médico es la siguiente persona en aparecer. Al poco vienen los dos chicos restantes.

La mujer duerme, pero entre todos deciden que es mejor despertarla, saber cómo está. Teodoro y Adela se separan de la familia y del facultativo para mantenerse en un segundo plano. El hijo mayor y el doctor entran en la habitación, los otros dos vástagos se quedan cerca de la puerta, observando a través de ella. Se oyen murmullos del intercambio de preguntas y respuestas entre las tres personas, pero ni la muchacha ni el profesor llegan a entender nada de la conversación.

Al cabo de unos veinte minutos, el mayor de los hijos y Lorenzo salen de la pieza. Todos los demás los rodean. El primogénito mueve la cabeza en un gesto de negación, mientras frunce los labios.

—Bueno, hay que estar preparados para el momento que se avecina… —comienza a decir el médico—. Ya sabíamos que antes o después habría que afrontarlo. Parece ser que será más pronto de lo previsto. —Y baja la mirada, ocultando la emoción que está por embargarlo.

Teodoro lo mira, después voltea sus ojos hacia Felipe, el hijo mayor, que ahora está con sus dos hermanos, y que sigue negando con la cabeza. El menor, Rodrigo, no puede reprimir un sollozo que intenta ahogar, para que su madre no lo oiga.

El profesor gira el rostro hacia la izquierda y encuentra los ojos de Adela clavados sobre él, suplicantes. Entiende que, además de la salud de la señora, a la joven le preocupa también su futuro, el qué será de ella cuando… cuando… Su cerebro entra en corto. Se niega a aceptar lo que va a pasar, lo inevitable. «No, no más dolor», se repite cerrando los párpados, borrando así la escena que lo rodea, la casa, las gentes en ella, los casi dos años pasados con ña Antonia, las empanadas calientes, las conversaciones en la galería, las lecturas, las clases…

La imagen de las mariposas blancas de la noche anterior invade su mente. Se rehace y se abre paso entre los hijos y el médico que, extrañados, le siguen con sus miradas. Teodoro llama a la puerta con los nudillos y pregunta si puede pasar. La señora le da permiso.

—¿Dónde tenés la carta, ña Antonia? —le pregunta, decidido.

Desde el dintel, medio escondidos, los chicos siguen la conversación.

—En el cajón de la mesita.

—¿Puedo? —le dice, indicando el sitio.

La mujer asiente con la cabeza. El profesor abre el lugar y extrae el sobre. Después se lo da a su propietaria.

—Creo que ya podés leerla sola.

Se da la vuelta, sale de la habitación y cierra la puerta. No mira a nadie, no dice nada. Se dirige a Adelita, la toma por el hombro y marchan a la cocina a terminar de preparar el almuerzo.

★★★★★

Al cabo de hora y media, la señora Antonia llama a sus hijos. El médico ya se había marchado después de dejar más instrucciones sobre la enferma. Los tres entran a verla. Permanecen con ella un rato y, al salir, Felipe y Antonio se despiden de Teodoro y Adelita, Rodrigo, en cambio, se queda a pesar de que no le corresponde a él estar esa noche.

La muchacha entra a ver a su señora, para ayudarla en lo que precise. Una vez que ha terminado, le dice a Teodoro que ña Antonia lo espera. El hombre pasa a la alcoba despacio, el ímpetu de hace unos momentos lo ha abandonado. Antes de cerrar la puerta, ve a Adela rodear con sus brazos al más joven de los hijos, quien no puede evitar dejarse llevar por el llanto. Después de ver esa imagen, Teodoro no se atreve a afrontar los ojos de la moribunda.

—Pasá, Teo, sentate acá cerquita de mí —le dice susurrando.

El profesor sigue las instrucciones de la enferma y se pone a su lado.

—Gracias por darme la carta, Teo. No me atreví a sacarla para leerla en este tiempo. Pensé que dejaría este mundo sin saber su contenido.

El hombre asiente con la cabeza. No sabe si quiere saber el contenido de la misma, aunque en el fondo espera que ella, por propia voluntad, le comente algo. Pero no lo hace y se calla, y él acepta la decisión de la señora Antonia.

—Teo, querido. Sabés que no te puedo dejar a vos nada material porque tengo mis tres hijos.

—Eso no me preocupa, señora. Ya hiciste mucho por mí.

—Pero a mí sí que me angustia, amigo mío, porque no deseo que regreses a las calles.

Teodoro piensa que le va a pedir que vuelva al colegio, que retome su anterior vida. Pero no ocurre. Ella se recuesta tranquila sobre la pila de almohadas que Adelita le ha colocado en la cama, para que esté cómoda. Cierra los ojos y dice:

—He pedido a mis hijos que te tengan en cuenta, querido Teo. Me prometieron que así lo harán. Confío en ellos —suspira—. Gracias por todo, amigo mío. Creo que ya puedo descansar.

El profesor se levanta, con cuidado de no hacer ruido, y sale de la habitación para dejarla reposar en paz.

VI

El invierno este año no parece querer marcharse. Aunque ya se acerca la primavera, estas dos últimas semanas las temperaturas se sitúan por debajo de la media habitual. Los asuncenos, poco acostumbrados a ese clima, miran con nostalgia el calor abrasador del verano, a pesar de no poder soportarlo cuando lo sufren en pleno mes de enero. Pero en estas jornadas de menos luz y de vientos frescos procedentes del sur, cualquier recuerdo del sol y de las altas temperaturas parece ser mejor que el látigo del frío.

Una imagen pintoresca de personas con abrigos caminando por las calles se dibuja por toda la ciudad. Para cualquier extranjero acostumbrado a temperaturas más bajas, ese tibio invierno no es nada. Sin embargo, en las cálidas tierras guaraníes, este clima es extraordinario. La opinión se divide entre los que prefieren disfrutar aún de ese frescor antes de recibir el despiadado bochorno que devorará el resto de las estaciones, y aquellos que son manifiestamente tropicales y que, no solo ansían el calor, sino que lo necesitan para sentirse vivos.

Entre estos últimos se encuentran los vendedores de la calle Chóferes del Chaco; su ir y venir entre los autos se acorta durante estos días más chicos. No es tanto por la falta de luz, sino por la poca resistencia a ese suelo que recrudece su dureza con el helor que transmite y por el mínimo aguante al aire polar que circula, todo ello acentuado por los escasos, casi nulos, recursos de que disponen para hacer frente a las inclemencias, expuestos, como están, a la intemperie. Lo único que los hace entrar un poco en calor es saltar hacia los vehículos cada vez que la luz roja del semáforo los detiene.

Cuando acaba la jornada, se retiran a una hora temprana, abandonando la calle a las penumbras que cubren la ciudad a media tarde. Muchos echan en falta, en esos momentos, la antigua pensión de la señora Antonia, con sus camas mullidas y, sobre todo, sus comidas tan sabrosas. Pero ninguno recuerda ya a aquel que estuvo entre ellos por más de un año, ese hombre silencioso y triste que apenas era una sombra. Si alguno hace alusión a él, lo llama «el amigo de Nico», santiguándose a la vez que pronuncia el nombre del joven vendedor muerto en acto de servicio, reconvertido en héroe del gremio.

Tampoco Teodoro se acuerda de ellos. Sí piensa en Nico, con tristeza, con ternura; es el único recuerdo que quiere guardar de su paso por las calles. Él y ña Antonia, su querida amiga. Han pasado dos semanas desde que falleció.

★★★★★

El día ha estado lluvioso. Teodoro mira por la ventana de la cocina cómo va oscureciendo a través de las gotas que aún se deslizan por los cristales, mientras Adelita termina de empaquetar las últimas tazas y platos que quedan en la alacena. Está sentado a la mesa en la que tantas veces compartió las ricas recetas de la señora Antonia. La muchacha coge el tazón que solía usar la dueña de la casa y rompe a llorar, a la vez que lo envuelve en un papel de periódico y lo introduce en la caja delante de ella.

—¡Ay, señor Teo! —dice entre sollozos—. ¡La extraño tanto!

El joven no responde. Sigue mirando a través de la ventana. Desde el fallecimiento de ña Antonia apenas ha pronunciado palabra.

Adelita cierra la caja. Aún no han terminado de recoger, pero todavía tienen dos semanas más para hacerlo, así han acordado con los hijos de la difunta señora: un mes de sueldo y alojamiento a cada uno, a cambio de empaquetarlo todo. Después, la muchacha se irá con el hijo menor, que se ocupará de ayudarla, tal y como le prometió a su madre.

Teodoro ha aceptado quedarse ese mes porque no sabe qué hacer, ni a dónde ir. Durante las dos semanas que ya han pasado, ha ido poco a poco volcando la casa en cajas, vaciándola del recuerdo de ña Antonia. Cada vez que guarda un pedazo de la vida de la mujer, que lo arranca de los muros, de las alacenas o de los cajones, el profesor siente que la borra de su memoria. «Quizá, si me hubiese ido, conservaría intacto su recuerdo», se dice mientras su mirada perdida vaga entre las sombras que poco a poco ocultan la vida del otro lado de la ventana. A pesar de todo, sigue eliminando cualquier vestigio del paso de ña Antonia por la casona, como el que se impone una penitencia: «La mía es volverla impersonal, despojarla de su esencia».

La única pieza a la que todavía no han accedido es la habitación de la dueña. Los hijos se llevaron todo aquello que tuviese algún valor económico o sentimental, pero dejaron ropas, artículos personales y algunos de los cuadernos con sus primeras y últimas letras. Tanto Teodoro como Adelita se niegan a entrar en ella: la joven, dice, porque echa en falta la imagen de su señora y, el profesor, porque siente su presencia en esos rincones, a los que aún no han arrancado la vida y que se erigen en guardianes de sus últimos recuerdos.

El hombre mira aún a través de la ventana. Piensa en el día del entierro de la señora Antonia en la Recoleta, lo ve como si hubiese sido un sueño, una especie de alucinación, con todas esas mariposas blancas que invadieron la necrópolis.

El vidrio le devuelve su reflejo. Se ve apagado, sin energía; siente que su alma pertenece a los sepulcros, a la tierra roja del camposanto más que a cualquier otro lugar en el planeta. Desvía la mirada hacia sus manos. Le recuerdan las del profesor que fue y que nunca volverá a ser. Cierra los ojos. Con la señora Antonia se fue su última alumna. Sabe que se acaba una etapa de su vida de manera definitiva y lamenta que tenga que hacerse de esa forma.

—Señor Teo —le dice Adelita sacándolo de sus pensamientos—, tenemos que entrar sí o sí en la pieza de ña Antonia…

La muchacha baja la vista, probablemente oculta sus ojos llenos de lágrimas. Teodoro la observa en silencio. Quisiera decirle algo para amortiguar su pena, pero es incapaz de pronunciar una palabra de consuelo.

—Mañana, nomás, Adela. Andate a descansar hoy, que ya oscurece.

La joven asiente y se despide de él.

★★★★★

A solas en la cocina, Teodoro piensa en la muerte de su madre. Hace mucho tiempo que falleció, él era todavía un niño. No sabe muy bien por qué recuerda ahora ese momento, pero entiende que, en estos días tras la muerte de la señora Antonia, se siente en cierta forma como cuando murió su mamá, igual de solo, igual de desamparado. Huérfano.

Una especie de frío interno recorre su cuerpo. Entorna los párpados. Todos esos pensamientos duelen demasiado. Cuando los vuelve a abrir, ve, a través de la ventana, en la galería, al pequeño picaflor revoloteando bajo la lamparita que él solía usar para leer su libro. Algunas buganvillas de color lila y blanco han florecido, y el pajarillo se acerca a ellas con la promesa de un inesperado convite. La pálida luz ilumina el plumaje del ave, que llena de tonos azul turquesa la incipiente noche. Unas pupilas, verde-aceituna, se dibujan en su mente: los ojos de su madre le sonríen desde un olvidado rincón de su corazón. Por un momento, el frío que se había instalado en su alma cede ante el súbito calor de ese recuerdo.

«Mainumby, el pequeño colibrí que viene a llevarse las almas escondidas entre las flores», le decía su madre cuando era niño y le leía cada noche una leyenda de aquel libro que ella guardaba con devoción.

El diminuto animal se detiene ante él, agitando sus alas. El color azul intenso de su pecho ya le había hecho pensar en Margarita en otras ocasiones. Cierra los ojos, hoy no quiere recordarla. Hoy quiere permanecer en ese ensueño de volver a ser niño y sentirse en seguridad, arropado por las palabras de su madre que lee, de nuevo, sus viejas historias tradicionales guaraníes.

Mientras permanece en ese estado de cierta paz, abre los ojos: el colibrí ya se ha marchado. Mira hacia la silla donde solía sentarse ña Antonia cada noche y sonríe. Se levanta con calma y se dirige hacia el salón, a su camastro.

★★★★★

El sol ha decidido alumbrar después de tantos días grises y lluviosos. Teodoro y Adelita están en el cuarto de la señora Antonia desde temprano. La muchacha, al principio, estuvo llorando en silencio, ocultándose de su acompañante. El hombre se dio cuenta del esfuerzo que ella hacía por no mostrar su pena, e hizo como si no estuviese enterado.

A las pocas horas, el trabajo de concentrarse en cribar lo que podría tener un segundo uso de lo que no, los invade del todo, atenuando los diferentes sentimientos que el estar allí y en esas condiciones, despiertan en ambos.

Adela se dedica a las ropas y efectos personales de su señora. Separa en cajas aquello que puede donarse de lo que se ha de tirar. Lo hace con calma, en silencio, con una especie de veneración. Teodoro la mira, de vez en cuando, de manera furtiva, no quiere inmiscuirse con sus ojos en esa especie de despedida entre ambas mujeres. Pero no puede evitar observarla a hurtadillas, cuando coge una prenda y se la acerca para olerla y después la dobla con esmero, como si se tratase de una joya preciada. En un momento dado ve que toma la cobija que ña Antonia solía usar estos últimos tiempos para abrigar sus piernas en los días más frescos. La muchacha la pliega con mimo.

—¿Por qué no la guardás, Adela?

La interpelada se sobresalta.

—Yo no… —balbucea.

—Vos la querías, digo a la señora. Merecés un recuerdo de ella. Esa cobija nadie la va a reclamar, para sus hijos no tiene ningún valor, pues acá la dejaron…

Adelita abraza la manta y afirma con la cabeza. La hace a un lado y sigue con su selección. Aún queda mucho por hacer.

«¡Es increíble la cantidad de cosas que se pueden llegar a guardar!», piensa Teodoro cuando mira las viejas fotografías, revistas y otros artículos que la mujer había conservado a lo largo de treinta años en aquella misma casa. Echa en falta los libros, ahora es la primera vez que cae en la cuenta de que no los hay. Sonríe y mueve la cabeza en un acto de negación, un tanto contrito por no haber visto los indicios, por su falta de interés. Guarda lo más personal y amontona el resto para deshacerse de ello. Después se gira y abre el cajón de la mesilla. Nada más hacerlo encuentra, en primer lugar, un sobre amarillento y viejo en el que se puede leer en letras mayúsculas: «ANTONIA».

Teodoro se queda inmóvil. «¿La carta?», se pregunta. Una extraña emoción le sube desde las tripas y lo embarga. Toma el sobre entre sus manos; el contenido parece bastante voluminoso. Ve que está abierto. Extrae lo que hay en su interior: varias hojas cubiertas con una escritura clara, un tanto puntiaguda. Vuelve a doblarlas, las mete de nuevo en el sobre; mira de reojo a Adelita y ve que no se ha percatado de nada, absorta en sus quehaceres. Podría guardarlo, podría quedárselo, pero si ña Antonia no le dijo nada, no le comentó de su contenido, quizá debería no leer esa carta. Entonces, abre la caja de las cosas para entregar a los hijos y mete el sobre en el interior.

★★★★★

Al caer la noche, Teodoro y Adela se encuentran exhaustos. Han adelantado mucho y casi han terminado con el cuarto de la señora Antonia. Están en la cocina comiendo los restos del día de ayer, ya que no tuvieron tiempo de prepararse nada. Los dos mastican en silencio, casi sin mirarse. La jornada ha sido intensa en emociones y es momento ahora de descansar.

Recogen los platos, al terminar la frugal cena, y Adelita se despide diciendo que va a ducharse para irse pronto a dormir. Teodoro asiente, le confirma que mañana irán a comprar al mercado y le desea que pase una buena noche.

Diez minutos más tarde, Teodoro se dirige a la galería. Aún hace frío, pero el sol del día de hoy ha conseguido caldear el ambiente lo suficiente como para que se pueda permanecer en el patio a la luz de la lamparita, al menos un rato. Se sienta en su lugar y mira el sitio que solía ocupar su acompañante.

—¿Me dejaste la carta para que la leyera? —le pregunta al espacio vacío.

No hay respuesta. Ningún sonido, ningún colibrí revoloteando, nada. La nada más absoluta.

Teodoro respira hondo y cierra los ojos. Una brisa fresca perfuma el jardín con el olor al jazmín vecino.

—Entiendo. Ahora no tengo que leerla, quizá nunca llegará el momento —dice a la vez que abre los ojos y contempla el disco perfecto de la luna llena que brilla en lo alto de la oscuridad—. Lo respeto, querida amiga, lo respeto.

De pronto siente un cansancio infinito, cómo si no hubiese dormido en meses. Todo su cuerpo le pesa. Se levanta, vencido por el sueño, y se dirige a su camastro.

VII

La primavera hace renacer Asunción. El calor comienza a hacerse descarado en las primeras semanas de octubre. Los vendedores de la calle Chóferes del Chaco canturrean alegres, aprovechando que aún no llegan las altas temperaturas, mientras se aproximan a los autos parados en el semáforo rojo del cruce con Mariscal López. La ciudad rebosa de vida oculta entre el ramaje espeso de los árboles y arbustos que se prodigan por las veredas.

Apostados en los muros de la Recoleta, frente a las paredes claras del Buen Pastor, además de las siluetas de los vendedores, se pueden ver ahora también las de unos militares que vigilan los traslados de las presas. La pequeña puerta lateral de la prisión casi paralela a una de las entradas del cementerio, es el lugar donde se detiene la camioneta con las presidiarias. Cualquier foráneo a Asunción encontraría todo este conjunto ciertamente irreal, con ese cruce de vida, muerte, pecado y castigo. No así los asuncenos, acostumbrados al correteo de los buhoneros entre los autos, a la culebrilla de luces rojas de los frenos de los vehículos, a los transportes de las presas aparcados frente a la diminuta entrada y a los coches fúnebres seguidos de sus plañideros cortejos.

Los días se van haciendo más largos, si bien la diferencia horaria entre una estación y otra es tan poco marcada, como lo es el cambio de temperatura. Pero, a pesar de ello, la primavera obra esa magia que trae a todo el planeta una eclosión de vida, de renacer, que altera a los seres vivos.

Me paro a mirar esa imagen, como una pintura que se dibuja ante mí con trazos abiertos, casi impresionistas. Siento que ha pasado toda una vida desde que estuve dentro de ella, como una pincelada más, formando parte de ese extraño engranaje de piezas inconexas pero unidas por una ciudad que las mueve al ritmo de las lluvias y el calor.

Acabo de visitar el cementerio, como cada día. Esta tierra guaraní mantiene sus cuerpos atados a un ciclo ancestral de sol, agua y vida. Sé que me están esperando, que un día podré estar con ellas, porque son ellas y solo ellas las que me lo enseñaron todo, incluso cuando creí que ya no había nada. Las visito para recordarme quién soy a pesar de no poder verme más a través de sus ojos.

Soy egoísta porque las echo en falta; porque no pienso que ellas, si estuviesen en vida, podrían seguir disfrutando de sus familias, del olor de la lluvia, del canto del pitogüé o de los sonidos de la ciudad. Soy egoísta por lo mucho que aún las necesito y que siempre las necesitaré. Por eso voy al cementerio a diario, para asegurarme a mí mismo que existieron, que me amaron, que forman parte de mí como yo lo fui de ellas. Y porque ellas existieron, yo lo hago, y sigo aquí.

★★★★★

Camino hacia la casa. Uno de los hijos de la señora Antonia, el más joven, me ha llamado: quiere verme. Se me antoja extraño volver a la vieja casona después de tanto tiempo, no sabía que aún seguía en pie. Lo cierto es que, desde que me fui, no había querido volver, de eso hace ya dos años, desde que Adelita y yo la vaciamos arrancándole toda la vida que guardaba en sus entrañas.

Me paro ante la verja. No ha cambiado nada. Por un momento me siento retroceder en el tiempo. Abro la puerta de la reja y recorro las baldosas hasta la entrada. Llamo y espero. La hoja se abre e imagino la sonrisa dulce y acogedora de la dueña que me recibe envuelta en olor a harina y queso fresco. En su lugar, un joven sonriente, con cierto aire familiar, me invita a pasar.

—Hola, Teo, ¡cuánto tiempo! Te veo bien.

—Hola, Rodrigo. Muchas gracias, estoy bien, ¿y vos? ¿Cómo está la familia? ¿Y Adelita?

Segundos después, como invocada, Adela aparece por la puerta que daba a la cocina. Se me acerca y me abraza.

—Señor Teo, ¡qué alegría verte!

—¡Adela! ¡Qué bien estás!

No termino la frase cuando ella comienza a reír a carcajadas. Me muestra su dedo anular y se cuelga del brazo de Rodrigo quien, cariñoso, besa su mejilla.

—Sí, Teo, nos vamos a casar. Estamos muy felices —me confirma el joven.

—¡Felicidades! —les digo de todo corazón—. ¡Me alegra tanto verlos así! ¡No tenía idea!

Los dos se miran y se sonríen. Después me cuentan que habían esperado hasta ahora porque Adelita estudiaba a la vez que trabajaba en casa preparando comidas por encargo.

Me repiten lo felices que son, y pienso que la señora Antonia también lo estaría; que ella es, de alguna forma, artífice de toda esa dicha.

Miro entonces a mi alrededor: la casa me trae recuerdos, algunos buenos, otros no tanto. Cierro mi alma, no quiero que se me filtre nada en ella, quiero guardar mis memorias, preservarlas como están, con sus luces y sus sombras, sin que cambien. Sonrío a la joven que no para de contarme todas las novedades de su actual hogar.

—¡Cuánto me alegro, Adela!

—Pero contame vos ahora, Teo. Sé que sos periodista y poco más… —se interesa ella.

—Bueno, trabajo en un periódico, que no es igual. Me gusta.

—¡Qué bueno! —dice Rodrigo mientras afirma con la cabeza.

—Sí, está bien. Me permite vivir bien y poder dedicarme a otras cosas…

—¿Sos escritor también? —pregunta Adela entusiasmada.

Sonrío.

—Lo intento.

—¡Qué bueno! —repite Rodrigo—. ¿Y qué escribís?

—Una historia.

—¿Una historia? —indaga la muchacha—. ¿Y de qué trata?

—De la vida, de la muerte, de la culpa…

—¿Y dónde ocurre? —me pregunta esta vez el joven.

—Aquí, en Asunción.

Rodrigo vuelve a mover con énfasis la cabeza asintiendo. Después de eso nos quedamos los tres en silencio por unos segundos. Adelita me ofrece algo para beber. Me resulta raro porque no hay nada ahí, ningún mobiliario, parece que la casona lleva cerrada desde que nos fuimos, desde que me fui.

—Vamos a instalarnos en la casa, Teo. Hemos tardado porque, al principio no la queríamos guardar, porque cada uno de nosotros tiene la suya y, al final, no nos decidíamos a hacer nada con ella, por eso está como ustedes la dejaron hace un par de años —me comenta Rodrigo; siento que me ha leído el pensamiento.

Me sorprende mi presencia en el lugar, más ahora, después de la noticia. No entiendo para qué he venido. Adelita se ha marchado a la cocina de nuevo. Estamos los dos solos.

—Teo, te llamé por tres cosas. —Rodrigo hace una pausa un tanto dramática que me hace sonreír, siempre fue el más teatrero de los tres—. Con Adela hemos pensado que, a lo mejor estás interesado en comprar mi departamento de soltero. Se nos queda pequeño ahora que nos casamos y que esperamos agrandar la familia rápido, solo tiene una pieza y salón…

Me quedo sin palabras. Nunca esperé algo así. Lo cierto es que no sé qué responder.

—Es solo una propuesta. Tenés un tiempo para sopesarlo, podemos darte facilidades, si lo querés…

Ahora soy yo el que sacudo la cabeza de arriba abajo en un gesto de afirmación, que no implica una respuesta positiva a la proposición, sino un «estoy asimilando» al que Rodrigo responde con una sonrisa.

Adela aparece de nuevo portando un par de vasos con jugo. Me digo a mí mismo que esto ha sido idea de la joven que ha heredado las maneras de la señora Antonia. Lo tomo de sus manos, mientras le digo «gracias». Ella se pone al lado de su futuro marido. Rodrigo la mira y ella afirma.

—La segunda es que… nos gustaría que fueras nuestro padrino de bodas. Adela perdió a su papá hace un año y, bueno, ella siente que eres como su hermano…

Miro a la muchacha que, sonriente, tiene los ojos humedecidos.

—Señor Teo, yo… Me haría tan feliz que me lleves al altar…

—Por supuesto, Adela, será un honor —respondo sin dejar que termine la frase.

La joven se me acerca y me abraza de nuevo a la vez que me susurra un «gracias» al oído. En ese instante siento que soy yo quien tiene que agradecerle, pero me callo y muevo la cabeza afirmando.

—La otra cosa… —comienza a decir mi anfitrión— es algo más delicada.

Adela se va hacia la cocina y nos deja solos. Rodrigo saca un sobre del bolsillo y me lo da.

—Tomá —me dice alargándome la mano con la carta en ella—. No fue hasta hace poco que terminamos de revisar todas las pertenencias de mamá, ¡había tantas cosas! Nos tomó tiempo hacerlo.

—¿Por qué me entregás esto? —pregunto confundido.

—Cuando lo leas lo entenderás —me contesta, a la vez que llama a Adelita y le pregunta si ya ha cerrado todo para que se puedan marchar—. Espero tu respuesta, Teo.

—Gracias, Rodrigo. Te lo haré saber. Saludá a tus hermanos.

Me despido de los dos y salgo a la calle. Aún tengo el sobre entre mis manos. Lo guardo en el bolsillo de la chaqueta y dirijo mis pasos al departamento que alquilo en la actualidad.

★★★★★

Mi querida Tonina:

Nunca podré dejar de agradecer a Dios o al destino el haberte puesto a vos en mi vida. Tu corazón es generoso, amada mía, y yo no merezco ese amor que me prodigaste. Nunca fui como me viste, pero quisiera haber sido ese hombre, haber podido acercarme siquiera una mínima parte a la ilusión que te hiciste de mí. Sin embargo, se me acaba el tiempo para enmendar todos mis errores y las malas decisiones que sembraron mi camino de huida, de derrota y de soledad.

Hubiese querido amarte como vos merecés, pero fui un cobarde y preferí escapar, alejarme de cualquier responsabilidad. Malgasté mis días, peor aún, ensombrecí los de aquellos que alguna vez me amaron.

Ahora que ya no me queda nada, solo un poco de tiempo para confesar mi falta de coraje y mi vergüenza, te cuento toda la verdad e imploro tu perdón.

Vengo de una familia humilde que subsistía gracias al trabajo y el esfuerzo de mis padres en la chacra. Con apenas veinte años decidí que aquella no era vida para mí, que quería conocer mundo, ser libre, y me marché con un vendedor de libros ambulante que viajaba por todo el Paraguay con sus historias a cuestas. Llegamos a un primer pueblo, el viejo librero enfermó de dengue y murió por las fuertes hemorragias que no pudieron atajarle. Me convertí así en el heredero improvisado de aquel comercio itinerante. Podría haber vendido esa suerte de patrimonio y ayudar a mis padres con aquella plata, pero no lo hice. No quería volver y, a pesar de vivir casi con lo puesto, porque poco o nada sacaba de la venta de libros en lugares olvidados del país, mi ansia por sentirme libre, por volar, me empujaba a no atarme a nada ni a nadie.

Sin embargo, y contrariamente a lo que te acabo de decir, me casé. Fue en uno de mis primeros destinos que conocí a una linda maestra de escuela que cantaba guaranias mientras preparaba las lecciones del día siguiente. Nos enamoramos, quizá no fue amor sino ilusión, no lo sé. Lo que sé es que, tras la boda, comencé a ahogarme de nuevo y abandoné a mi incipiente familia para seguir mi viaje hacia ninguna parte en busca de eso que jamás llegué a encontrar. A pesar de todo, cumplí mi promesa de volver en poco tiempo, muy probablemente porque nada de lo que había visto había saciado ese apetito de novedad que me devoraba por dentro. A mi regreso, me encontré con la sorpresa de que iba a ser padre, un regalo que no supe apreciar, porque al cabo de un par de semanas con mi esposa, de nuevo tomé mi valija y salí al mundo.

Llegué a un pueblo pequeño donde no había casi de nada. Me hubiese marchado de allí al minuto de no ser por vos, Tonina, la mujer que robó mi alma. No estaba preparado para ese sentimiento que me consumió desde el primer momento en que nuestras manos se rozaron. Ocurrió mientras te leía uno de los libros heredados del buhonero: vos me observabas con un deseo pegado a tus pupilas que me traspasaba la piel y yo solo ansiaba dejar esa novela y tomarte entre mis brazos, acariciarte, sentirte a mi lado, oler tu aroma a sudor y a mate. Durante una semana hicimos el amor en cada encuentro que tuvimos, más que con pasión, con desespero, a sabiendas de que el tiempo se nos acababa y que ya no volveríamos a vernos, porque vos estabas prometida a un viejo ganadero al que no amabas y yo estaba casado e iba a ser padre.

No he olvidado nuestra despedida, rodeados de mariposas blancas en aquel paraje en medio de la nada. Hubiese querido que me suplicases quedarme; así, al menos, hubiera podido justificar el no volver y abandonar a mi familia, pero no lo hiciste, solo me sonreíste y me deseaste un buen viaje de vuelta a casa.

Regresé sin ganas junto a mi esposa. Me quedé con ella hasta el alumbramiento de mi hijo. Me convencí de que cuando viese la carita de la criatura todo cobraría sentido.

Pero a los pocos meses del nacimiento me volví a marchar, sin explicaciones, de nuevo escapando. Mi huida me llevó a tu pueblo, a la casa de tu padre. El hombre me recibió y me explicó que ya te habías casado y que vivías en la hacienda de tu marido. No quiso darme la dirección. Yo no sabía dónde buscar y, a partir de ese momento, comencé un peregrinaje por *todo el país con el único objetivo de encontrarte. Sin embargo, cada paso que daba más me alejaba de vos, al igual que de mi esposa, de mi hijo, hasta alejarme de mí mismo.*

Con el correr del tiempo decidí volver con mi mujer: quería conocer al niño. Mis suegros me dijeron que su hija había muerto y que yo nunca sería bienvenido en esa casa. Solo pude saber que mi chico estaba bien, pero me marché sin ni siquiera haberlo visto. Entendí que, a esas alturas, era lo mejor para él, y renuncié a buscarlo.

Me arrepiento de muchas cosas, Tonina, casi de todo, pero lo que más me duele es no haber conocido a mi hijo. De igual manera lamento haberte buscado con esa ansia, porque te utilicé como excusa para huir de mis responsabilidades y abandonar mi hogar. Ninguno de ustedes merecía eso de mí y creo que, al final, la vida tuvo razón separándome de todos.

Mi libertad se convirtió en mi soledad y, después, en mi propia cárcel.

No sé si algún día llegará esta carta a tus manos, menos aún si mi hijo podrá leerla. Ojalá así fuera, ojalá llegues a saber que te amé, que te amo, igual que a él, pero que fui un necio que buscaba algo que no sabía que ya tenía.

Espero que algún día puedan perdonarme.

Lucas.

«Esta carta es para vos, querido profesor. Antonia».

★★★★★

Miro a través de la ventana cómo el viento agita las hojas de los árboles cercanos al edificio donde vivo. Todo cobra sentido delante de mis ojos que, sin previo aviso, han empezado a derramar unas lágrimas que creí ya extintas. Pero no lloro por mí, ni por el padre que no tuve. Lloro por la señora Antonia, porque al aferrarse a ese amor que nunca olvidó, la vida nos unió para siempre.

Es extraño cómo el destino decide por nosotros: mi familia, mi esposa, mi hija, mi madre, todas las personas que la fortuna puso en mi camino. Esas mismas que ella dispone y que también nos arrebata, para dejarnos desamparados, perdidos. Es la única certeza que prevalece: que somos lo que somos por ese destino. Cuando se acepta esa verdad, aunque sea amarga, dolorosa o incluso terrible, se consigue avanzar. Porque yo soy Margarita, Elisa, mi mamá o Nico. Soy la señora Antonia y su querido Lucas, soy Rodrigo y Adelita. Y Teodoro no existiría sin la conjunción de todos ellos, y sin la huella que dejaron y que aún dejan. Yo soy porque muchos de ellos faltan, pero estuvieron, o no. Soy mi pasado, mis ausencias, mis anhelos y mi presente.

Y ahora, por primera vez en mucho tiempo, vuelvo a mirar hacia el futuro.

FIN

Sobre la autora

Laura Sánchez Fernández (Madrid, 1967) es licenciada en Historia del Arte por la Universidad Autónoma de Madrid. Su pasión por la lectura y la escritura la llevó a realizar varios cursos de literatura creativa y novela corta, que culminaron en su primera obra, *La caja del tiempo* (ExLibric, 2022), a la que ahora sigue *A la espera del colibrí*.

Ha sido profesora de Lengua Española en Rabat (Marruecos) y actualmente alterna literatura y fotografía en Asunción (Paraguay), donde reside desde 2017. En junio de 2022 realizó la exposición fotográfica «La plenitud de lo mínimo», con fotografías tomadas en dicha capital.